A FAZENDA DOS ANIMAIS

Dados Internacionais de Catalogação na Publicação (CIP)
(Câmara Brasileira do Livro, SP, Brasil)

Orwell, George, 1903-1950
A fazenda dos animais / George Orwell; tradução Sandra Pina. –
São Paulo: Editora Melhoramentos, 2021.

Título original: Animal farm
ISBN 978-65-5539-256-2

1. Ficção 2. Ficção inglesa I. Título.

20-52632   CDD-823

Índices para catálogo sistemático:
1. Ficção: Literatura inglesa 823

Cibele Maria Dias – Bibliotecária – CRB-8/9427

Texto original de George Orwell
Título original: *Animal Farm*

Tradução: Sandra Pina

Ilustração de capa © 2020 Fernando Vilela
Prefácio: Eduardo Bueno
Projeto gráfico e diagramação de capa: Fernando Vilela
Diagramação miolo: Monique Sena

Direitos de publicação:
© 2021 Editora Melhoramentos Ltda.

1.ª edição, fevereiro de 2021
ISBN: 978-65-5539-256-2

Atendimento ao consumidor:
Caixa Postal 729 – CEP 01031-970
São Paulo – SP – Brasil
Tel.: (11) 3874-0880
www.editoramelhoramentos.com.br
sac@melhoramentos.com.br

Impresso no Brasil

A FAZENDA DOS ANIMAIS
GEORGE ORWELL

PREFÁCIO DE EDUARDO BUENO

TRADUÇÃO DE SANDRA PINA
CAPA DE FERNANDO VILELA

PREFÁCIO

BICHO DE SETE CABEÇAS

ENTÃO, DE REPENTE, DE UMA HORA PARA OUTRA, OS animais começaram a dar com a língua nos dentes. E depois que abriram, não fecharam mais a matraca, anunciando uma verdade inconveniente atrás da outra. Mas, por falar em verdade, não foi de supetão que essa *conversalhada* toda se iniciou. Afinal, animais falantes já vinham dando as caras na literatura praticamente desde o seu advento, quando, mais de 500 anos antes de Cristo, o grego Esopo (620-564 a.c.), seguindo tradições ainda mais antigas, já presentes na China, no Japão e na Índia, apresentou ao mundo das letras a cigarra e a formiga, a tartaruga e a lebre, o rato e o leão, a raposa (e as uvas).

Mais de mil anos depois, La Fontaine (1621-1695) bebeu copiosamente daquela fonte grega e reapresentou a formiga e a cigarra, a lebre e a tartaruga, o leão e o rato, bem como, é claro, a rã e o escorpião – todos *mui* falantes; uns, nada galantes, alguns, bem pouco valentes e, outros, até meio dementes. Como no caso das fábulas de seu ilustre e nebuloso predecessor, a obra de

La Fontaine se constituía de pequenos contos morais e exemplares, alegóricos e instrutivos, nos quais aos pobres bichinhos eram imputadas características nada animalescas, tais como ganância, inveja, preguiça, covardia e astúcia. Ainda assim, boa parte delas tinha final feliz – ou ao menos edificante.

Mas o fato é que nunca houve na história da literatura – nem na arca de Noé, onde, aliás, sob o jugo do ébrio e cruel Noé, todos os animais eram (ou se faziam de) mudos – uma turma de bichos tão ruidosos, falastrões, tagarelas, boquirrotos, linguarudos e fofoqueiros como esta que George Orwell agrupou na Fazenda do Solar, sob o cabresto do Sr. Jones. Pois esses não apenas falam: eles discutem, refletem, ponderam, questionam, divergem, polemizam e debatem. Em suma, filosofam. Ao fazê-lo, desnudam não apenas os vícios morais da humanidade, mas seus dilemas sociais, políticos e históricos, mergulhando no poço sem fundo que, mais de setenta anos após a publicação da obra que está nas suas mãos, tornou-se ainda mais profundo pois, embora ainda seja um poço, deixou de ser vertical para horizontalizar-se feito um pântano no qual esquerda e direita chafurdam lado e lado, mas sempre em direções opostas.

Esopo, se é que de fato existiu, era, segundo Heródoto, um escravo. Já La Fontaine, bem fornido burguês, foi subitamente alçado à classe alta por meio de um casamento de conveniência no qual nunca foi feliz. Porém, por mais que a condição social de ambos possa ter influenciado suas respectivas obras, a "luta de classes" com certeza jamais faz parte delas. Já na vida e na obra George Orwell nada se revelou mais premente, crucial e inexorável. Orwell foi um escritor engajado, que sempre marchou profusamente armado de palavras e ideais. Como poderia ele supor que seus tiros literários fossem sair pela culatra e que seus libelos libertários acabassem servindo bem mais aos conservadores do que aos "revolucionários"? Mas terão sido os leitores que compraram gato por lebre ou foi o próprio Orwell que, ao se meter de pato a ganso, acabou virando ovelha desgarrada entre os comunistas, sem nunca deixar de ser visto como bicho de sete cabeças pela direita? O certo é que, no final das contas, ambos os lados ficaram com a pulga atrás da orelha com relação ao autor e sua obra, e ele nunca deixou de se sentir como um peixe fora d'água, debatendo-se entre dois mundos. Portanto, melhor contar esta história desde o início, antes que a vaca vá para o brejo.

* * *

George Orwell nasceu Eric Arthur Blair, em 25 de junho de 1903, na aurora daquele que o historiador Eric Hobsbawn chamou de "o breve e terrível século 20" – o século que Orwell tanto marcou e pelo qual foi tão profundamente marcado. Os paradoxos, que sempre estiveram presentes em sua vida (e em sua obra), começam já no fato de ele, mesmo sendo tão exemplarmente britânico, ter nascido em Bengala, na Índia, onde seu pai era funcionário colonial. Richard Blair trabalhava num hoje inconcebível Departamento do Ópio do Serviço Civil Indiano, pois, é bom lembrar – e jamais esquecer –, a Inglaterra não só produzia e vendia ópio como forçava indianos e chineses a consumi-lo em larga escala. Já a mãe de Orwell era neta de um especulador inglês que vivia em Burma (hoje Mianmar), onde ela nascera.

7

Quando Eric tinha um ano, a família retornou à Grã-Bretanha, mas o pai se estabeleceu na Irlanda, enquanto o menino e suas duas irmãs eram criados pela mãe, nos arredores de Oxford, na Inglaterra. Embora tenha tido aulas de francês com Aldous Huxley (ao qual, muitos anos mais tarde, ficaria para sempre associado em função de terem ambos escrito as distopias mais famosas da língua inglesa, *1984* e *Admirável Mundo Novo*), Blair revelou-se um estudante medíocre. Como não obteve bolsa para cursar uma universidade e a família não podia pagar por ela, ficou decidido que o jovem, então com dezenove anos, deveria ingressar na infame Polícia Imperial, a chamada Indian Imperial Police, fundada cerca de cinquenta anos antes (em 1861), basicamente para vigiar, punir e reprimir os súditos do império na Ásia.

Foi assim que, em outubro de 1922, Blair se mudou para a Birmânia, em razão das conexões da família de sua mãe com aquela antiga possessão. E foi lá que George Orwell começou a nascer, pois, após seis anos como agente de uma lei e de uma ordem iníquas, ele deixou fermentar dentro de si um coquetel de repulsa e nojo pela "ética" imperialista à qual os birmaneses e indianos viam-se inapelavelmente submetidos. Coquetel esse do qual sorveu cada amarga gota e que jamais deixou de circular em suas veias.

A experiência foi tão dramática, que Eric Blair perdeu o rumo e o prumo, e até o nome, em especial depois que, tendo contraído dengue, ganhou baixa para o que seria uma breve licença médica na Inglaterra – país que, de certo modo, também jamais fora seu lar. Até porque, uma vez em Londres, ele concluiu que era um estrangeiro em um mundo estranho, estivesse onde estivesse. Assim, em setembro de 1927, pediu demissão da tal Polícia

Imperial e deixou-se ficar à deriva num mar de letras e deambulações, cujas ondas o empurraram primeiro para os bairros mais miseráveis de Londres (os quais, inspirado pelo livro *O Povo do Abismo*, de Jack London, ele tratou de descrever) e, depois, a partir do inverno de 1928, às sarjetas de Paris, onde logo se viu numa pior, por baixo e por fora, como uma pedra que rola, vivendo à mingua ou de migalhas, até dezembro de 1929.

Nesse período de intensa produção literária, escrita já sob o pseudônimo de George Orwell, viu livro após livro ser negado por vários editores e retornou então para a Inglaterra, onde exerceu "uma série de empregos mal remunerados": professor, revisor e atendente numa pequena livraria. Também tentou a sorte como pintor – e foi enquanto pintava em uma praia do desolado litoral inglês que veio a conhecer a gaúcha Mabel Lilian Sinclair Fierz (1890-1990), que, além de sua amante, iria se tornar fundamental em sua carreira.

Nascida no Rio Grande do Sul, filha de pais ingleses, Mabel era uma "mulher vivaz e opiniática que gostava da companhia de jovens artistas, acreditava que tinha um olho para o talento e a determinação para trazê-lo à tona", de acordo com um biógrafo de Orwell. Casada e treze anos mais velha que o escritor, apaixonou-se não só por ele mas pelo manuscrito de *Down and Out in Paris and London* (*Na pior em Paris e Londres*), que já havia sido rejeitado por várias editoras (numa delas, a Faber & Faber, com o aval negativo de T. S. Eliot). Orwell deu os originais para Mabel e lhe recomendou que os queimasse – como ele próprio havia feito com vários livros anteriores. Mas, em 1933, por influência dela, o livro foi enfim aceito e publicado, por Victor Gollancz, um editor esquerdista estabelecido em Londres. Foi o início da carreira literária de um desconhecido chamado George Orwell.

* * *

E é então, e assim, que se inicia também a longa e tortuosa estrada que vai dar nesse saco de gatos e desembocar num desembarque tão atribulado quanto o dos bichos depois do dilúvio universal. Pois o dilúvio que viria a ser a Segunda Guerra Mundial, de fato, pode ter começado com a tempestade de raios que desabou sobre a Espanha. Em julho de 1936, irrompeu lá uma das guerras civis mais vis e cruéis da história. Tão vil e cruel foi a fúria com a qual as forças do general Franco se precipitaram sobre seus adversários, que o conflito é tido como uma espécie de ensaio geral para a enxurrada nazifascista que logo varreria a Europa. O golpe militar desferido contra a chamada Segunda República, democraticamente eleita, provocou tal onda de revolta e indignação, que militantes do mundo inteiro – inclusive do Brasil – agruparam-se e decidiram ir à luta na Espanha enfrentar os usurpadores. George Orwell estava entre eles.

Com efeito, em fins de 1936, vamos encontrá-lo no telhado do hotel Poliorama Rambla, no coração de Barcelona, trocando tiros com as milícias fascistas. E foi ali, quando viu os comunistas e os anarco-sindicalistas – que, em tese, estavam (ou deveriam estar) do mesmo lado – entrarem em conflito entre si, e não contra o inimigo comum, que Orwell passou a alimentar ferrenha aversão aos comunistas – embora jamais tenha deixado de ser de esquerda, ou um "socialista democrata", como ele próprio se definia.

Em julho de 1937, derrotado e desiludido, voltou à Inglaterra, com uma mão (e a pena) na frente e a outra mão (desarmada) atrás – e a cicatriz no pescoço, fruto da bala que lhe transpassara a garganta. Sua mulher, Eillen, com a qual se casara em julho de 1936 e que havia lutado ao seu lado na Espanha, estava com ele. Pouco mais tarde, rebentava a Segunda Guerra Mundial e, cedo, a Inglaterra – mãe do imperialismo moderno – e a União Soviética – pátria e madrasta do comunismo – estavam do mesmo lado, contrapondo-se aos horrores do nazismo.

Em 1943, recuperado de uma série de enfermidades – sequelas do ferimento de guerra –, alistou-se numa brigada voluntária na defesa de Londres, mas estava fraco demais e quase sem dinheiro. Até por isso, sua mulher, numa amarga ironia, começou a trabalhar no Departamento de Censura do Ministério da Informação. E foi então, entre novembro de 1943 e fevereiro de 1944, enquanto as bombas da Luftwaffe faziam Londres arder em chamas – e o governo não tinha nada a oferecer aos ingleses senão "sangue, suor e lágrimas" –, que Orwell redigiu a obra que agora você tem em mãos. Aliás, na noite de 21 para 22 de janeiro, o livro quase sumiu antes mesmo de surgir: uma bomba lança-la durante a operação, chamada *Little Blitz*, atingiu a casa de Orwell, e ele passou horas vasculhando os escombros fumegantes até encontrar os originais milagrosamente intactos.

E assim, ao apagar das luzes do verão de 1945, quase que exatos três meses após o fim da guerra, *Animal Farm* foi lançado. Era 17 de agosto de 1945 e a Europa ainda estava em ruínas. O nazismo fora vencido – e o comunismo não era mais um aliado natural. George Orwell concluiu então que era um bom momento para denunciar os excessos e as crueldades de Josef Stalin, seu viés e seus delírios totalitários, e deixar claro para o Ocidente o quanto a União Soviética no fundo era inimiga da liberdade, como ficara evidente na Espanha. *Animal Farm* evidentemente era uma fábula. Talvez até mais (ou menos) do que isso: era uma espécie perversa de conto da carochinha, conforme anunciava o próprio subtítulo da edição original (*Animal Farm: a Fairy Story*), suprimido a partir de 1946. Como em toda boa fábula, desde os tempos de Esopo e dos ecos de La Fontaine, aqui os animais falam, exibem as qualidades e os defeitos dos humanos e há um fundo moral – quase moralista – perpassando toda a narrativa. Mas, muito mais do que isso, ecoam óbvias alusões à Revolução Russa de 1917, e isso ninguém deixou de notar desde o início, pois elas de fato grunhem, relincham, zunem, miam e latem o tempo todo nas bocas dos porcos Napoleão e Bola de Neve e de todo o grande elenco animalesco que os acompanha.

Supondo que já não possa mais ser considerado *spoiler* revelar aquilo que, desde o momento em que o livro saiu, ficou claro para qualquer leitor medianamente bem informado, é evidente que o velho javali Major faz as vezes de Karl Marx, que os porcos Napoleão e Bola de Neve representam Stalin e Trótski, que os cães que ladram (e mordem) se comportam como a polícia secreta (não tão secreta assim) da KGB, que as ovelhas fazem o papel do povo dócil e apático e que o bêbado Sr. Jones é o czar Nicolau II, deposto da própria fazenda.

Quando Orwell urdiu sua ferina alegoria, Stalin ainda era aliado de Churchill e de Roosevelt, já que os três tinham em Hitler um inimigo em comum. Embora essa situação tivesse se modificado no final da guerra, quando o livro foi publicado, a Guerra Fria – definição, aliás, dada pelo próprio Orwell – ainda não havia esquentado.

De todo modo, a sátira não apenas desagradou a comunidade esquerdista (com o próprio editor Victor Gollancz, que apostara em Orwell, recusando-se a lançar a obra) como os integrantes do Departamento de Censura, onde sua mulher Eillen ainda trabalhava, não recomendaram a publicação, pois achavam que não valia a pena provocar Stalin, cuja aliança com os britânicos ainda estava fresca. Seria como cutucar a onça com a vara curta.

Portanto, ao contrário do que Orwell gostaria, o livro não serviu para botar o último prego no caixão do comunismo – mesmo porque o comunismo mais vivo parecia quanto mais gente matava, e não só na União Soviética como também nos países sob sua influência. Ainda assim, tão logo veio à luz, *A Fazenda dos Animais* com certeza acabou virando um potente instrumento na luta contra o comunismo – só que travada de maneiras e por meio de órgãos e instituições (e até países) com os quais George Orwell dificilmente concordaria.

De fato, nos Estados Unidos – nação à qual Orwell era acidamente crítico –, a obra foi saudada e cedo adotada pelos mais ferrenhos círculos anticomunistas, até pela desprezível John Birch Society, organização semissecreta de extrema direita (que depois acabaria concluindo que Orwell era um "comunista enrustido" e deixou de recomendar sua leitura). Além disso, *Animal Farm* teve seus direitos comprados pelo cinema norte-americano e em seguida começou a circular amplamente pelos tortuosos corredores do Pentágono e pelos sinistros labirintos da CIA. Em 1952, a agência americana chegou ao ponto de enviar centenas de milhares (sim, você leu certo: centenas de milhares) de pequenos balões a gás, com o cestinho repleto de exemplares do livro, despejando-os sobre a Polônia, Hungria e Tchecoslováquia, traduzidos nas respectivas línguas, durante a chamada *Operation Aedinosaur*.

E, acredite se quiser, foi mais ou menos assim – só que não caído dos céus – que *Animal Farm* desembarcou no Brasil, com outro nome e sob pretextos que, ao menos a princípio, estavam muito aquém (ou além?) dos interesses meramente literários.

Sim, com o título de *A Revolução dos Bichos* – que só agora, passados mais de cinquenta anos da primeira edição brasileira, começa enfim a ser amplamente descartado –, a obra foi publicada no país sob os auspícios do famigerado Instituto de Pesquisas e Estudos Sociais, o Ipes, instituição de inclinação ferrenhamente golpista, financiada pela CIA e cujo principal intuito era desestabilizar o governo de João Goulart. Golbery do Couto e Silva recomendou a publicação do livro, traduzido pelo então tenente Heitor de Aquino Ferreira, seu fiel assessor, que, mais tarde, após o Golpe Militar de 1964, se tornaria secretário particular do general Ernesto Geisel e uma espécie de eminência parda durante o governo dele.

Foi de Aquino Ferreira a ideia de não só dar aquele título à obra como também traduzir a palavra *rebellion* ("rebelião", em inglês) por "revolução", embora esse termo não apareça sequer uma única vez na fábula de Orwell. Em inúmeros outros trechos, Ferreira professa o que se convencionou chamar de "tradução-traição", sempre forçando e reforçando os vínculos da alegoria com a Revolução Russa, como se as alusões do original já não fossem suficientemente claras.

A Revolução dos Bichos foi lançada pela prestigiada Editora Globo, de Porto Alegre, em abril de 1964, poucos dias após o golpe militar e depois de o Ipes entrar em contato direto com Henrique Bertaso, o dono da editora. Mas, dado o currículo irretocável de Bertaso em prol da cultura brasileira, pode-se intuir, ou mesmo afirmar, que o motivo primordial que o teria levado a aceitar a sugestão do Ipes residiu no valor literário do livro de George Orwell (embora o fato de a Escola Superior de Guerra ter se comprometido a adquirir pelo menos mil exemplares possa ter sido um estímulo extra).

Como quer que seja, é evidente que, passados quase oitenta anos de sua publicação, são os méritos literários que mantêm *A Fazenda dos Animais* tão atual, sarcástico, libertário, incisivo, cáustico e perturbador quanto no dia em que foi lançado, como fica claro nesta nova edição que a Melhoramentos agora oferece ao público brasileiro. E não importa quantas cobras criadas venham meter sua peçonha no assunto, nem quantas porcas torçam o rabo – estejam elas em que espectro político estiverem. Pois o que de fato importa é que, em meio ao turbilhão político e aos perenes conflitos entre direita e esquerda, George Orwell manteve-se fiel a si mesmo e sempre contrário a qualquer espécie de totalitarismo – vindo do lado que viesse. E esse é seu maior legado, tanto como autor quanto ser humano.

Até porque, como diz o ditado, os cães ladram e a caravana passa.

Eduardo Bueno
Porto Alegre, verão de 2020

NOTA DA TRADUTORA

TRADUZIR UMA OBRA LITERÁRIA É UMA GRANDE responsabilidade. É preciso, além de conhecer o idioma de origem e o de destino, saber respeitar o texto do autor, não cair na tentação de reescrevê-lo, de deixar sua marca pessoal na história. Fazer uma nova tradução de um clássico, aumenta essa responsabilidade exponencialmente!

Confesso que correu um frio na minha espinha quando recebi a ligação de minha editora me convidando para traduzir este livro... Pensei: "Uau! Será que eu consigo manter um distanciamento profissional traduzindo um livro que me marcou tanto?".

Li *Animal Farm* (ou, à época, *A Revolução dos Bichos*) pela primeira vez ainda na pré-adolescência. E, mais tarde, já adulta, fiz várias releituras. Li trechos do livro no original, ainda no tempo do curso de inglês. Então, aqui residia uma segunda tentação: fazer uma busca nas estantes à procura do exemplar surradinho que ali habita em algum canto e relê-lo uma vez mais, talvez até prestando especial atenção às marcações e anotações que nele estão. Consegui resistir a essa tentação! Ufa!

Superadas essas etapas, era hora de o trabalho começar.

O primeiro passo foi ler todo o livro em inglês. De imediato, nomes como Margarida, Sansão, Mimosa e Bola de Neve pipocaram em minha memória. Meu lado escritora sabe que um autor não escolhe aleatoriamente os nomes de seus personagens. Os motivos podem ser os mais diversos, porém, com certeza, não são escolhidos ao acaso. Como tradutora, me sinto na obrigação de respeitar essas escolhas. E essa foi minha decisão em um primeiro momento. Porém, estamos falando de um clássico lido no Brasil há gerações! Então, como esquecer desses milhões de leitores que conheceram esses personagens pelos nomes escolhidos pelo primeiro tradutor da obra? Essa foi uma questão conflitante para mim. Mas, ao fim, pesou o respeito pelo leitor, pelo pai, pela mãe, pelo avô, pela avó que desejam conversar sobre a história com seus filhos e netos. Desse modo, nesta tradução foram mantidas referências importantes (e já muito conhecidas) do leitor brasileiro.

No entanto, houve uma mudança muito significativa em relação às escolhas do primeiro tradutor da obra: o título! E isso foi algo que chamou a minha atenção desde o início do processo. Em primeiro lugar, porque no inglês o livro se chama *Animal Farm* e não há motivo, ao longo de toda a história, para o título não ser traduzido literalmente, ou seja, *Fazenda dos Animais*. Além disso, George Orwell não utiliza nem uma vez sequer a palavra *revolution* (revolução) durante a narrativa. Os animais falam em *rebelião*, o que é bem diferente, não é? Assim sendo, optei por manter o título original.

Isso posto, é importante lembrar que estamos falando de dois idiomas (inglês e português) com estruturas gramaticais radicalmente diferentes, o que leva um tradutor a precisar tomar decisões de modo que, em respeito ao leitor, o texto fique claro. Algumas vezes, não são decisões fáceis; é como se eu (e falo aqui da minha experiência pessoal como tradutora) precisasse pedir licença ao autor original para efetuar pequenas alterações em estruturas de frases ou em pontuações. Mas o leitor não precisa ficar preocupado! Essas pequenas mudanças não alteram, em nada, a estrutura ou o conteúdo da história. Além disso, é preciso não esquecer que a língua é viva! E que, no caso em questão, a história foi escrita há mais de setenta anos! Palavras que tinham um significado na época, hoje têm outro. Palavras que têm um sentido no ambiente urbano podem ter outro no ambiente rural. O que nos leva a outro problema que um tradutor precisa resolver: o significado exato que determinadas palavras têm na história. Um problema que, para ser resolvido, demanda o auxílio de um amigo muito especial de qualquer tradutor (e de todo escritor também): o dicionário.

Sim, ao longo da tradução de todos os dez capítulos que constituem a história de *A Fazenda dos Animais*, fui acompanhada por dicionários (isso mesmo, no plural). Afinal, não é porque uma pessoa tem um bom conhecimento de um idioma, que ela sabe o significado de todas as palavras. Isso sequer acontece com aquela que é chamada de "língua materna". Pense bem. Quantas vezes você ouve ou lê uma palavra em português e precisa ir procurar sua definição? O mesmo acontece com um tradutor.

Por fim, quando se traduz um clássico da literatura, é necessário se "esvaziar" de todos os textos teóricos já lidos sobre aquela obra, sejam eles análises literárias, filosóficas, sociológicas, antropológicas ou quaisquer outras. E isso talvez seja uma tarefa quase impossível para quem tem que, por definição e ofício, se aprofundar nos estudos literários.

Os italianos têm um ditado que diz *traduttore/traditore* (tradutor/traidor). E cada tradutor que se dedica a aproximar o leitor de uma obra que ele não leria por desconhecimento do idioma original precisa ter o objetivo de provar que essa máxima italiana está equivocada.

No mais, tudo o que posso desejar a você, leitor, é que esta história seja tão marcante para você quanto foi para mim.

Boa leitura!

Sandra Pina

CAPÍTULO I

O SR. JONES, DA FAZENDA DO SOLAR, HAVIA TRANCADO os galinheiros para passar a noite, mas estava bêbado demais para se lembrar de fechar os buracos. Com o facho de luz de seu lampião dançando de um lado a outro, cambaleou pelo pátio, arrancou as botas na porta dos fundos, serviu-se de um último copo de cerveja do barril da copa e subiu para a cama, onde a Sra. Jones já estava roncando.

Assim que a luz do quarto se apagou, houve uma agitação e algazarra por todos os prédios da fazenda. Durante o dia, correra o boato de que o velho Major, o premiado porco branco, tivera um sonho estranho na noite anterior e queria contá-lo aos outros animais. Haviam concordado em se encontrar todos no grande celeiro assim que tivessem certeza de que o Sr. Jones estava fora do caminho. Velho Major (assim era chamado, embora seu nome de exibição fosse Beleza de Willingdon) era tão respeitado na fazenda, que todos estavam dispostos a perder uma hora de sono para ouvir o que ele tinha a dizer.

De um lado do grande celeiro, numa espécie de plataforma elevada, Major já estava acomodado em sua cama de palha sob um lampião pendurado numa viga.

Ele tinha doze anos de idade e engordara um pouco ultimamente, mas ainda era um porco de aparência majestosa, com ar sábio e benevolente, apesar do fato de suas presas nunca terem sido cortadas. Logo os outros animais começaram a chegar e se acomodar, cada um do seu jeito. Primeiro chegaram três cachorros, Ferrabrás, Lulu e Cata-Vento, e depois os porcos, que se acomodaram na palha bem em frente à plataforma. As galinhas se empoleiraram nas janelas, os pombos voaram até as vigas, as ovelhas e as vacas se deitaram atrás dos porcos e começaram a ruminar. Os dois cavalos de tração, Sansão e Quitéria, chegaram juntos, andando muito lentamente, e acomodaram seus grandes cascos peludos com muito cuidado, pois poderia ter algum pequeno animal escondido na palha. Quitéria era uma égua maternal, se aproximando da meia-idade, que nunca recuperara a forma depois do nascimento do quarto potrinho. Sansão era um animal enorme, com quase um metro e noventa de altura e forte como dois cavalos normais juntos. Uma faixa branca em seu nariz lhe dava certo ar de estupidez, e, de fato, não tinha grande inteligência, mas era respeitado por todos por sua firmeza de caráter e tremenda força de trabalho. Depois dos cavalos, vieram Maricota, a cabra branca, e Benjamim, o jumento. Benjamim era o animal mais velho da fazenda e o de pior temperamento. Raramente falava e, quando o fazia, normalmente era para fazer alguma observação cínica – por exemplo, ele dizia que Deus lhe tinha dado uma cauda para espantar as moscas, mas que preferia não ter cauda nem moscas. Era o único entre os animais da fazenda que nunca ria. Se perguntado o motivo, dizia que não tinha visto nada de engraçado. No entanto, sem admitir abertamente, ele era fiel a Sansão; os dois costumavam passar os domingos juntos no pequeno cercado atrás do pomar, pastando lado a lado em silêncio.

Os dois cavalos tinham acabado de se deitar quando um bando de patinhos, que tinha perdido a mãe, entrou em fila no celeiro, piando muito e vagando de um lado para outro, procurando um lugar onde não fossem pisoteados. Quitéria fez uma espécie de muro ao redor deles com sua grande pata dianteira. Os patinhos se aninharam ali e logo caíram no sono. No último instante, Mimosa, a fútil e bela égua branca que puxava a charrete do Sr. Jones, entrou trotando graciosamente, mastigando um torrão de açúcar. Ela tomou um lugar bem à frente e começou a balançar sua crina branca, esperando chamar a atenção para as fitas vermelhas com que estava trançada. Por último chegou a gata, que olhou em volta como de costume, buscando o lugar mais quente e, por fim, se aninhou entre Sansão e Quitéria; então ronronou satisfeita durante todo o discurso de Major, sem ouvir uma palavra do que ele estava dizendo.

Todos os animais estavam presentes, exceto Moisés, o corvo domesticado, que dormia em um poleiro atrás da porta dos fundos. Quando Major viu que todos estavam acomodados e esperavam atentamente, limpou a garganta e começou:

– Camaradas, vocês já ouviram sobre o estranho sonho que tive noite passada. Mas vou falar dele mais tarde. Primeiro, tenho outra coisa a dizer. Eu não acho, camaradas, que estarei aqui por muitos meses mais e, antes de morrer, é meu dever transmitir a vocês a sabedoria que adquiri. Tive uma vida longa e muito tempo para pensar enquanto estava sozinho na minha baia, e acho que posso dizer que entendo a natureza da vida nesta terra tão bem quanto qualquer animal que vive agora. É sobre isso que desejo falar.

"Então, camaradas, qual é a natureza dessa nossa vida? Encaremos: nossa vida é infeliz, árdua e curta. Nascemos, nos é dada apenas comida suficiente para nos manter vivos e aqueles que são capazes são forçados a trabalhar até o último suspiro de suas forças; e, no momento em que não somos mais úteis, somos abatidos com extrema crueldade. Nenhum animal na Inglaterra conhece o significado de felicidade ou lazer depois de completar um ano de vida. Nenhum animal na Inglaterra é livre. A vida de um animal é infelicidade e escravidão: essa é a dura verdade.

"Mas isso simplesmente faz parte da ordem da natureza? É porque esta nossa terra é tão pobre, que não suporta uma vida decente para aqueles que nela habitam? Não, camaradas, mil vezes não! O solo da Inglaterra é fértil, seu clima é bom, é capaz de fornecer comida em abundância a um número muitíssimo maior de animais do que os que agora nela habitam. Apenas esta nossa fazenda poderia manter uma dúzia de cavalos, vinte vacas, centenas de ovelhas – e todos vivendo com um conforto e uma dignidade que agora estão quase além de nossa imaginação. Por que então continuamos nessa condição infeliz? Porque quase todo o produto de nosso trabalho é roubado de nós pelos seres humanos. Essa, camaradas, é a resposta a todos os nossos problemas. É resumida em uma única palavra: Homem. O Homem é o único inimigo real que temos. Retire o Homem da cena, e a causa principal da fome e do excesso de trabalho será abolida para sempre.

"O Homem é a única criatura que consome sem produzir. Ele não dá leite, não põe ovos, é fraco demais para puxar o arado, não pode correr rápido o suficiente para pegar coelhos... E ainda assim é o senhor de todos os animais. Ele os coloca para trabalhar, lhes devolve apenas o mínimo para que não morram de fome e guarda o restante para si. Nosso trabalho lavra o solo, nosso esterco o fertiliza e, ainda assim, nenhum de nós é dono de mais do que a própria pele. Vacas, que vejo à minha frente, quantos milhares de galões de leite deram durante o último ano? E o que aconteceu com aquele leite que deveria estar nutrindo bezerros robustos? Cada gota dele desceu pelas goelas de nossos inimigos. E vocês, galinhas, quantos ovos puseram nesse último ano e quantos deles foram chocados? O restante foi todo para o mercado para trazer dinheiro para Jones e seus homens. E você, Quitéria, onde estão os quatro potros que teve e que deveriam ser a ajuda e o prazer de sua velhice? Cada um foi vendido com um ano de idade – você nunca vai ver nenhum deles de novo. Em troca dos quatro partos e de todo o trabalho nos campos, o que você tem além de suas pequenas rações e uma baia?

"E mesmo a vida infeliz que levamos não tem permissão de chegar ao seu fim de modo natural. De minha parte não reclamo, pois sou um dos sortudos. Tenho doze anos de idade e tive mais de quatrocentos filhos. Isso é a vida natural de um porco. Mas nenhum animal escapa à cruel faca no final. Vocês, jovens leitões que estão sentados à minha frente, cada um de vocês vai berrar no cepo em um ano. Todos vamos chegar a esse horror – vacas, porcos, galinhas, ovelhas, todos. Até os cavalos e os cães não têm destino melhor. Você, Sansão, no dia em que esses seus grandes músculos perderem a força, Jones vai vendê-lo a um matadouro que vai cortar sua garganta e cozinhá-lo para dar como ração aos cães de caça. E os cães, quando velhos e sem dentes, terão um tijolo amarrado no pescoço por Jones, que os afogará no lago mais próximo.

"Então, não está claro, camaradas, que todos os males desta nossa vida brotam da tirania dos seres humanos? Basta nos livrarmos do Homem, e o produto de nosso trabalho será nosso. Quase da noite para o dia poderemos nos tornar ricos e livres. O que, então, temos que fazer? Ora, trabalhar noite e dia, de corpo e alma, para derrubar a raça humana! Esta é minha mensagem para vocês, camaradas: Rebelião! Não sei quando essa Rebelião acontecerá, pode ser em uma semana ou em cem anos, mas sei, tão certo quanto vejo essa palha sob minhas patas, que cedo ou tarde a justiça será feita. Fixem os olhos nisso, camaradas, pelo curto período que resta de sua vida! E, acima de tudo, passem esta minha mensagem àqueles que vierem depois de vocês para que as futuras gerações continuem a luta até a vitória.

"E lembrem, camaradas, sua decisão nunca deve vacilar. Nenhum argumento deve levá-los ao engano. Nunca deem ouvidos quando disserem que o Homem e os animais têm interesses em comum, que a prosperidade de um é a prosperidade dos outros. São mentiras. O Homem só serve ao seu próprio interesse. E entre nós, animais, deve haver perfeita unidade, perfeita camaradagem na luta. Todos os homens são inimigos. Todos os animais são camaradas.

Nesse momento houve um tremendo alvoroço. Enquanto Major estava falando, quatro grandes ratos saíram de seus buracos e se sentaram para ouvi-lo. De repente, os cães os avistaram, e foi apenas por uma rápida corrida de volta aos buracos que os ratos conseguiram se salvar. Major levantou a pata pedindo silêncio.

– Camaradas – disse –, eis uma questão que deve ser resolvida. As criaturas selvagens, como ratos e coelhos, são nossos amigos ou inimigos? Vamos colocar em votação. Proponho esta questão: os ratos são camaradas? A votação foi feita imediatamente e foi decidido por esmagadora maioria que os ratos eram camaradas. Houve apenas quatro votos contrários, dos três cães e da gata, que, mais tarde, descobriu-se ter votado pelos dois lados. Major continuou:

– Pouco mais tenho a dizer. Apenas repetir, lembrem-se sempre de seu dever de inimizade em relação ao Homem e de todos os seus métodos. Quem anda sobre duas pernas é inimigo. Quem anda sobre quatro pernas ou tem asas é amigo. E lembrem-se também de que esta é uma luta contra o Homem: não podemos nos assemelhar a ele. Mesmo quando o tiverem derrotado, não adotem seus vícios. Nenhum animal deve jamais viver numa casa, ou dormir numa cama, ou usar roupas, ou beber álcool, ou fumar, ou tocar em dinheiro, ou fazer comércio. Todos os hábitos do Homem são maus. E, acima de tudo, nenhum animal deve jamais tiranizar sua própria espécie. Fraco ou forte, inteligente ou não, somos todos irmãos. Nenhum animal deve jamais matar outro animal. Todos os animais são iguais.

"E agora, camaradas, vou contar a vocês o meu sonho da noite passada. Não sei como descrevê-lo a vocês. Foi um sonho de como será a terra quando o Homem for banido. Mas me lembrou de algo que havia esquecido há muito tempo. Muitos anos atrás, quando eu era um porquinho, minha mãe e outras porcas costumavam cantar uma antiga canção da qual sabiam apenas a melodia e as três primeiras palavras. Eu conhecia a melodia desde a infância, mas ela já tinha se apagado da minha mente. Entretanto, noite passada, a relembrei no meu sonho. E mais, lembrei também dos versos da canção, que, tenho certeza, eram cantados pelos animais há muito tempo e que se perderam na memória por gerações. Vou cantar essa canção agora, camaradas. Sou velho e minha voz é rouca, mas quando eu tiver ensinado a melodia, vocês poderão cantá-la melhor. Se chama "Bichos da Inglaterra".

O velho Major limpou a garganta e começou a cantar. Como disse, sua voz era rouca, mas cantava bem o suficiente, e era uma melodia animada, algo entre *Clementina* e *La Cucaracha*. Os versos diziam:

Bichos da Inglaterra, animais da Irlanda,
Animais de todas as terras e climas,
Ouçam minha alegre mensagem
De um tempo de futuro dourado.

Cedo ou tarde, o dia chegará
Em que o Homem tirano será derrotado
E os campos férteis da Inglaterra
Serão somente dos animais.

Não mais anéis em nossos narizes
Nem arreios em nossas costas,
Freios e esporas enferrujarão,
Chicotes cruéis não mais estalarão.

Ricos mais do que se pode imaginar,
Trigo e cevada, aveia e feno,
Trevo, feijão e beterrabas
Serão nossos quando esse dia chegar.

Brilham os campos da Inglaterra,
Mais puras são suas águas,
Mais doces soprarão as brisas
No dia da nossa liberdade.

Por esse dia devemos todos trabalhar,
Mesmo que morramos antes de ele chegar;
Vacas e cavalos, gansos e perus,
Todos pelo bem da liberdade.

Bichos da Inglaterra, animais da Irlanda,
Animais de todas as terras e climas,
Ouçam minha alegre mensagem
De um tempo de futuro dourado.

O canto levou os animais à maior excitação. Um pouco antes de o Major terminar, eles já tinham começado a cantar sozinhos. Mesmo os menos inteligentes já haviam aprendido a melodia e algumas palavras, e os mais espertos, como os porcos e os cães, aprenderam a música inteira de cor em alguns minutos. E então, após umas poucas tentativas iniciais, toda a fazenda entoou "Bichos da Inglaterra" em uníssono. As vacas a mugiam, os cães a latiam, as ovelhas a baliam, os cavalos a relinchavam, os patos a grasnavam. Estavam tão animados com a música, que a cantaram sem parar cinco vezes, e teriam continuado a cantá-la durante toda a noite se não tivessem sido interrompidos.

Infelizmente o alvoroço acordou o Sr. Jones, que saiu da cama achando que havia uma raposa no pátio. Ele pegou a arma que ficava sempre no canto do quarto e disparou uma carga de seis tiros na escuridão. As balas atingiram a parede do celeiro e a reunião acabou rapidinho. Cada um correu para seu lugar. As aves saltaram para seus poleiros, os animais se acomodaram na palha e, em instantes, toda a fazenda dormia.

CAPÍTULO 2

TRÊS NOITES DEPOIS, O VELHO MAJOR MORREU TRAN-quilo durante o sono. Seu corpo foi enterrado nos fundos do pomar. Isso foi no início de março. Durante os três meses seguintes houve muita atividade secreta. O discurso de Major tinha dado aos animais mais inteligentes da fazenda um olhar completamente novo sobre a vida. Eles não sabiam quando a Rebelião prevista pelo Major aconteceria, não tinham qualquer razão para achar que seria durante sua vida, mas viram com clareza que era seu dever se preparar para ela. O trabalho de ensinar e organizar os outros ficou, claro, com os porcos, que, no geral, eram reconhecidos como os animais mais inteligentes. Destacavam-se entre os porcos dois jovens chamados Bola de Neve e Napoleão, que o Sr. Jones estava criando para vender. Napoleão era um porco grande e com olhar feroz da raça Berkshire, o único Berkshire da fazenda, não muito falante, mas com uma reputação de conseguir o que queria. Bola de Neve era um porco mais ativo, rápido no discurso e mais inventivo, mas não consideravam que tivesse a mesma força de caráter que Napoleão. Todos os outros porcos machos da fazenda eram leitões.

O mais conhecido entre eles era um porquinho gordo chamado Garganta, com bochechas bem redondas, olhos brilhantes, movimentos ágeis e voz estridente. Ele era um orador brilhante e, quando estava debatendo alguma questão difícil, tinha um jeito de pular de um lado para o outro e balançar o rabo que, de alguma forma, era bem persuasivo. Os outros diziam que Garganta era capaz de transformar o preto em branco.

Os três haviam organizado os ensinamentos do velho Major em um completo sistema de pensamento ao qual deram o nome de Animalismo. Diversas noites por semana, depois que o Sr. Jones ia para a cama, eles faziam reuniões secretas no celeiro e expunham os princípios do Animalismo aos outros. No início encontraram muita estupidez e apatia. Alguns animais falavam sobre o dever de lealdade ao Sr. Jones, a quem se referiam como "Senhor", ou faziam observações simples como "O Sr. Jones nos alimenta. Se ele for embora, vamos morrer de fome". Outros faziam perguntas como "Por que devemos nos importar com o que vai acontecer depois que estivermos mortos?" ou "Se essa Rebelião vai acontecer de qualquer forma, que diferença faz se trabalharmos ou não por ela?", e os porcos tinham grande dificuldade em fazê-los entender que isso era contrário ao espírito do Animalismo. As perguntas mais idiotas eram feitas por Mimosa, a égua branca. A primeira coisa que perguntou para Bola de Neve foi:

– Ainda haverá açúcar depois da Rebelião?

– Não – Bola de Neve disse com firmeza. – Não temos meios de fazer açúcar nesta fazenda. Além disso, você não precisa de açúcar. Terá toda aveia e feno que quiser.

– E vou ainda poder usar fitas na minha crina? – perguntou Mimosa.

– Camarada – respondeu Bola de Neve –, essas fitas de que você tanto gosta são o símbolo da escravidão. Não consegue entender que a liberdade vale mais do que fitas?

Mimosa concordou, mas não parecia muito convencida. Os porcos tiveram problemas ainda maiores para combater as mentiras contadas por Moisés, o corvo domesticado. Moisés, o animal de estimação especial do Sr. Jones, era um espião e contador de histórias, mas também um orador inteligente. Ele dizia saber da existência de um misterioso lugar chamado Montanha Açucarada, para onde todos os animais iam depois de morrer. Ficava em algum lugar no céu, pouco além das nuvens, dizia Moisés. Na Montanha Açucarada, todos os dias eram domingo, ela era florida o ano todo e torrões de açúcar e bolos de linhaça cresciam nas cercas. Os animais detestavam Moisés porque ele contava histórias e não trabalhava, mas alguns acreditavam na Montanha Açucarada, e os porcos tiveram que argumentar arduamente para convencê-los de que de tal lugar não existia.

Seus discípulos mais fiéis eram os dois cavalos de tração, Sansão e Quitéria. Eles tinham grande dificuldade em pensar qualquer coisa por si mesmos, mas, tendo aceitado os porcos como professores, absorveram tudo o que lhes era dito e repassavam aos outros animais com argumentos simples. Eram infalíveis às reuniões secretas no celeiro e conduziam o canto de "Bichos da Inglaterra", com o qual as reuniões sempre terminavam.

Por fim, acabou que a Rebelião foi alcançada muito mais cedo e de modo mais fácil do que qualquer um esperava. Embora um patrão difícil, o Sr. Jones havia sido um fazendeiro eficiente nos anos anteriores, mas ultimamente estava em decadência. Tinha ficado muito desanimado depois de perder dinheiro em uma ação judicial e começara a beber mais do que deveria. Às vezes passava dias inteiros em sua cadeira de braços na cozinha, lendo jornais, bebendo e, eventualmente, alimentando Moisés com pedaços de pão embebidos em cerveja. Seus homens viviam ociosos e eram desonestos, os campos estavam cheios de ervas daninhas, os prédios precisavam de telhados, as cercas estavam abandonadas e os animais, mal alimentados.

Chegou junho e o feno estava quase pronto para a colheita. No Solstício de Verão, que foi num sábado, o Sr. Jones foi a Willingdon e ficou tão bêbado no Leão Vermelho, que só voltou ao meio-dia do domingo. Os homens ordenharam as vacas de manhã cedo e saíram para caçar coelhos, sem se preocupar em alimentar os animais. Quando o Sr. Jones chegou, foi dormir no sofá da sala com o jornal sobre o rosto, de modo que, quando a noite chegou, os animais ainda estavam sem comida. Por fim, não aguentavam mais. Uma das vacas arrombou a porta do depósito com o chifre e todos os animais começaram a se servir. Foi só então que o Sr. Jones acordou. No momento seguinte, ele e seus quatro empregados estavam no depósito com chicotes nas mãos, batendo em todas as direções. Isso era mais do que os animais famintos podiam suportar. De comum acordo, embora nada tivesse sido planejado com antecedência, eles se lançaram sobre seus torturadores. Jones e seus homens subitamente se viram sendo golpeados e chutados por todos os lados. A situação estava fora de controle. Nunca tinham visto os animais se comportarem assim, e aquela repentina revolta das criaturas que eles costumavam espancar e maltratar quando queriam deixou-os apavorados. Em instantes, desistiram de tentar se defender e saíram correndo. Um minuto mais tarde, os cinco estavam quase voando pela trilha que levava à estrada principal e sendo perseguidos pelos animais, triunfantes.

A Sra. Jones olhou pela janela do quarto, viu o que estava acontecendo, jogou algumas coisas numa bolsa de lona e fugiu da fazenda por outro caminho. Moisés saltou do poleiro e voou atrás dela, grasnando alto. Enquanto isso, os animais perseguiram Jones e seus homens até a estrada e fecharam a porteira de cinco barras atrás deles. E então, antes mesmo de perceberem o que estava acontecendo, a Rebelião tinha sido realizada com sucesso: Jones fora expulso, e a Fazenda do Solar era só deles.

Durante os primeiros minutos, os animais mal conseguiam acreditar em sua sorte. Seu primeiro ato foi galopar em grupo pelos limites da fazenda para ter certeza de que nenhum ser humano estava escondido em lugar algum ali; então correram de volta para os galpões para apagar os últimos vestígios do odiado reinado de Jones. A sala de arreios no final do estábulo foi aberta; os freios, os anéis de nariz, as correntes dos cães, as cruéis facas usadas pelo Sr. Jones para castrar os porcos e cordeiros foram todos arremessados no poço. As rédeas, os cabrestos, os antolhos, as degradantes focinheiras foram atirados à fogueira de lixo que ardia no pátio. Assim como os chicotes. Todos os animais saltaram de alegria quando viram os chicotes em chamas. Bola de Neve também jogou no fogo as fitas que costumavam decorar as crinas e os rabos dos cavalos nos dias de feira.

– Fitas – disse – devem ser consideradas como roupas, que são marcas do ser humano. Todos os animais deviam andar nus.

Quando Sansão ouviu isso, foi buscar o pequeno chapéu de palha que usava no verão para manter as moscas longe de suas orelhas e o atirou no fogo com o restante das coisas.

Em bem pouco tempo os animais tinham destruído tudo o que lembrava o Sr. Jones. Napoleão então os conduziu de volta ao depósito e serviu uma ração dobrada de milho para todos, com dois biscoitos para cada um dos cães. Depois, cantaram "Bichos da Inglaterra" do início ao fim, sete vezes seguidas, se acomodaram para passar a noite e dormiram como nunca haviam dormido antes.

Acordaram ao amanhecer como de costume e, de repente, lembrando a coisa gloriosa que havia acontecido, correram juntos para o pasto. Um pouco abaixo do pasto havia uma colina de onde se podia ver a maior parte da fazenda. Os animais correram para o topo dela e olharam em volta na luz clara na manhã. Sim, era deles – tudo o que podiam ver era deles! Na animação dessa ideia, pularam e giraram, deram grandes saltos de empolgação no ar. Rolaram pelo orvalho, colheram bocados da grama doce de verão, chutaram porções de terra negra e cheiraram seu rico perfume. Fizeram um tour de inspeção por toda a fazenda e examinaram com silenciosa admiração a terra arada, o campo de feno, o pomar, o lago, o bosque. Era como se nunca tivessem visto aquelas coisas antes e, mesmo agora, mal conseguiam acreditar que era tudo deles.

Voltaram-se para os prédios da fazenda e pararam em silêncio em frente à porta da casa. Também era deles, mas tinham medo de entrar. No entanto, após um instante, Bola de Neve e Napoleão abriram a porta com os ombros e os animais entraram em fila única, andando com o máximo cuidado, temendo derrubar alguma coisa. Andaram na ponta dos pés de ambiente em ambiente, com medo de falar mais do que um sussurro e olhando com uma espécie de espanto o inacreditável luxo, as camas com colchões de penas, os espelhos, o sofá de crina, o tapete de Bruxelas, a litografia da Rainha Vitória sobre a lareira da sala. Estavam descendo as escadas quando descobriram que faltava Mimosa. Voltando, descobriram que ela tinha ficado para trás e entrado no melhor quarto. Pegara um pedaço de fita azul da penteadeira da Sra. Jones e o segurava no ombro, admirando-se no espelho de um jeito muito bobo. Os outros a reprovaram duramente e saíram. Alguns presuntos pendurados na cozinha foram levados para serem enterrados e o barril de cerveja da copa foi arrebentado com um coice de Sansão; de resto, nada na casa foi mexido. Uma resolução unânime foi aprovada na hora: a casa deveria ser preservada como um museu. Todos concordaram que nenhum animal deveria morar ali.

Os animais tomaram seu café da manhã e então Bola de Neve e Napoleão os chamaram para uma reunião.

– Camaradas – disse Bola de Neve –, são seis e meia e temos um longo dia pela frente. Hoje começamos a colheita do feno. Mas há outra questão a ser tratada antes.

Os porcos revelaram que ao longo dos últimos três meses haviam aprendido a ler e escrever com uma velha cartilha que pertencera aos filhos do Sr. Jones e que tinha sido jogada na pilha de lixo. Napoleão mandou buscar latas de tinta preta e branca e conduziu o caminho até a porteira de cinco barras que levava à estrada principal. Então Bola de Neve, que era melhor na escrita, pegou um pincel entre os dois nós de sua pata, pintou por cima onde se lia FAZENDA DO SOLAR, na barra de cima da porteira, e, em seu lugar, escreveu com tinta: FAZENDA DOS ANIMAIS. Esse deveria ser o nome da fazenda de agora em diante. Depois disso, voltaram para os prédios da fazenda, onde Bola de Neve e Napoleão mandaram buscar uma escada, que foi encostada na parede dos fundos do grande celeiro. Explicaram que, por meio de seus estudos dos últimos três meses, os porcos tinham conseguido resumir os princípios do Animalismo a Sete Mandamentos. Esses Sete Mandamentos seriam agora escritos na parede; formariam uma lei inalterável pela qual todos os animais na Fazenda dos Animais deveriam viver para sempre. Com alguma dificuldade (pois não é fácil um porco se equilibrar numa escada), Bola de Neve subiu e começou a trabalhar, com Garganta, alguns degraus abaixo, segurando a lata de tinta. Os Mandamentos foram escritos na parede escura com grandes letras brancas que poderiam ser lidas a muitos metros de distância. Eis o que diziam:

OS SETE MANDAMENTOS
1. Tudo o que anda sobre duas pernas é um inimigo.
2. Tudo o que anda sobre quatro pernas ou tem asas é amigo.
3. Nenhum animal deve usar roupas.
4. Nenhum animal deve dormir numa cama.
5. Nenhum animal deve beber álcool.
6. Nenhum animal deve matar qualquer outro animal.
7. Todos os animais são iguais.

Estava muito bem escrito e, exceto que "amigo" fora escrito "anigo" e que um dos "s" estava invertido, a ortografia estava toda correta. Bola de Neve leu em voz alta para os outros. Todos os animais acenaram com a cabeça em total concordância e os mais espertos começaram a decorar os Mandamentos.

– Agora, camaradas – gritou Bola de Neve, jogando fora o pincel –, para o campo de feno! É uma questão de honra fazer a colheita mais rápido do que Jones e seus homens fariam.

Nesse momento, as três vacas, que pareciam inquietas há algum tempo, mugiram alto. Elas não eram ordenhadas há mais de vinte e quatro horas e suas tetas estavam quase explodindo. Após pensar um pouco, os porcos mandaram buscar baldes e ordenharam as vacas com sucesso; os nós de suas patas se adaptaram bem a essa tarefa. E logo havia cinco baldes de leite espumante e cremoso para os quais muitos animais olhavam com considerável interesse.

– O que vai acontecer com todo esse leite? – alguém perguntou.

– Jones algumas vezes costumava misturar um pouco de leite em nossa ração – disse uma das galinhas.

– Não se preocupem com o leite, camaradas! – gritou Napoleão, se colocando em frente aos baldes. – Isso será cuidado. A colheita é mais importante. Camarada Bola de Neve vai na frente. Eu sigo em alguns minutos. Avante, camaradas! O feno está esperando.

Então os animais seguiram para o campo de feno para começar a colheita e, quando voltaram à noite, perceberam que o leite havia desaparecido.

CAPÍTULO 3

COMO TRABALHARAM E SUARAM PARA JUNTAR O FENO! Mas seus esforços foram recompensados, pois a colheita foi um sucesso ainda maior do que esperavam. Algumas vezes o trabalho era duro; as ferramentas tinham sido feitas para seres humanos e não para animais, e era uma grande desvantagem que nenhum animal pudesse usar qualquer ferramenta que demandasse ficar de pé nas patas traseiras. Mas os porcos eram tão espertos, que conseguiam pensar numa maneira de contornar todas as dificuldades. Quanto aos cavalos, conheciam cada centímetro do campo e, na verdade, sabiam ceifar e rastelar muito melhor do que Jones e seus homens. Os porcos não trabalhavam de verdade, mas dirigiam e supervisionavam os outros. Com seu conhecimento superior, era natural que assumissem a liderança. Sansão e Quitéria se atrelavam à ceifadeira ou ao ancinho (freio ou rédeas não eram necessárias agora, é claro) e andavam pelo campo de um lado para o outro com um porco caminhando atrás deles, gritando "Eia, camarada!" ou "Uau, de volta, camarada!", de acordo com a situação. E cada animal, até o mais humilde, trabalhava para virar e juntar o feno. Até os patos e as galinhas trabalhavam indo e vindo o dia todo sob o

Sol, levando pequenas porções de feno em seus bicos. Por fim, terminaram a colheita dois dias antes do que Jones e seus homens costumavam terminar. Além disso, foi a maior colheita que a fazenda jamais vira. Não houve nenhum desperdício; as galinhas e os patos, com seus olhos aguçados, recolheram até o último talo. E nenhum animal da fazenda roubou sequer um bocado. Durante todo o verão, o trabalho na fazenda funcionou como um relógio. Os animais estavam felizes como jamais imaginavam ser possível. Cada porção de comida era um extremo prazer, agora que era realmente sua própria comida, produzida por eles e para eles, e não distribuída de má vontade por um patrão. Com a saída dos inúteis seres humanos parasitas, tinha mais para todos comerem. Havia também mais lazer, por mais inexperientes que os animais fossem. Depararam-se com muitas dificuldades – por exemplo, no final do ano, quando colheram o milho, tiveram que pisar à moda antiga e soprar o joio, já que a fazenda não possuía debulhadora –, mas os porcos, com sua inteligência, e Sansão, com seus tremendos músculos, sempre se saíam bem. Sansão era admirado por todos. Ele fora um bom trabalhador mesmo nos tempos de Jones, mas agora parecia ser três cavalos em vez de um; havia dias em que todo o trabalho da fazenda parecia cair sobre seus poderosos ombros. De manhã até a noite, ele puxava e empurrava, sempre no lugar onde o trabalho era mais pesado. Tinha feito um acordo com um dos galos para acordá-lo de manhã, meia hora mais cedo que os outros, e sempre fazia algum trabalho voluntário onde parecesse ser mais necessário antes que o dia normal de trabalho começasse. Sua resposta para qualquer problema, qualquer contratempo, era "Vou trabalhar mais!" – o que havia adotado como seu lema pessoal.

Mas todos trabalhavam conforme sua capacidade. As galinhas e os patos, por exemplo, resgataram cinco sacas de milho na colheita, recolhendo os grãos perdidos. Ninguém roubava, ninguém reclamava das rações, as brigas, mordidas e ciúme, que eram coisas normais nos velhos tempos, quase tinham desaparecido. Ninguém se esquivava – ou quase ninguém. Mimosa, é verdade, não era boa em levantar de manhã e tinha um jeito de deixar o trabalho mais cedo, dizendo que tinha uma pedra no casco. E o comportamento da gata era um tanto estranho. Logo percebeu-se que, quando havia trabalho a ser feito, a gata nunca era encontrada. Ela sumia por horas e então reaparecia na hora das refeições, ou à noite, quando o trabalho já havia terminado, como se nada tivesse acontecido. Mas ela sempre dava excelentes desculpas e ronronava de modo tão delicado, que era impossível não acreditar em suas boas intenções. O velho Benjamim, o jumento, parecia não ter mudado nada desde a Rebelião. Fazia seu trabalho da mesma forma lenta e obstinada como nos tempos de Jones, nunca se esquivando, nem se voluntariando para trabalho extra. Sobre a Rebelião e seus resultados, ele não expressava opinião. Quando perguntado se não estava mais feliz agora que Jones fora embora, dizia apenas: "Jumentos vivem muito tempo; nenhum de vocês jamais viu um jumento morto", e os outros tinham que se contentar com essa resposta enigmática.

Aos domingos não havia trabalho. O café da manhã era uma hora mais tarde do que nos outros dias, e depois havia uma cerimônia que era realizada todas as semanas, sem falta. Primeiro o hasteamento da bandeira.

Bola de Neve tinha encontrado na sala de arreios uma velha toalha de mesa da Sra. Jones e pintou nela um casco e um chifre com tinta branca. Isso acontecia todos os domingos de manhã, no mastro do jardim da casa da fazenda. A bandeira era verde, para representar os verdes campos da Inglaterra, enquanto o casco e o chifre significavam a futura República dos Animais que surgiria quando, finalmente, a raça humana fosse derrotada, explicara Bola de Neve. Após o hasteamento da bandeira, todos os animais seguiam para o grande celeiro para uma assembleia geral, que era conhecida como a Reunião. Ali, o trabalho da semana seguinte era planejado e as resoluções eram colocadas e debatidas. Eram sempre os porcos que apresentavam as resoluções. Os outros animais entendiam como votar, mas nunca conseguiam pensar sozinhos em qualquer resolução. Bola de Neve e Napoleão eram, de longe, os mais ativos nos debates. Mas percebeu-se que aqueles dois nunca concordavam: qualquer sugestão feita por um podia contar com a oposição do outro. Mesmo quando foi decidido – algo que ninguém poderia objetar – reservar o pequeno cercado atrás do pomar para ser o lar de descanso dos animais aposentados, houve um inflamado debate sobre a idade certa de aposentadoria para cada tipo de animal. A Reunião sempre acabava com o canto de "Bichos da Inglaterra" e a tarde era dedicada à recreação.

Os porcos haviam separado a sala de arreios para utilizar como seu próprio quartel general. Ali, às noites, estudavam os livros, encontrados na casa da fazenda, sobre ferraria, carpintaria e outras artes necessárias. Bola de Neve também se ocupava em organizar os outros animais no que chamava de Comitês de Animais.

Era incansável nisso. Formou o Comitê de Produção de Ovos para as galinhas, a Liga das Caudas Limpas para as vacas, o Comitê de Reeducação dos Camaradas Selvagens (cujo objetivo era domesticar os ratos e os coelhos), o Movimento pela Lã Mais Branca para as ovelhas, e vários outros, além de instituir aulas de leitura e escrita. Como um todo, esses projetos foram um fiasco. A tentativa de domesticar as criaturas selvagens, por exemplo, fracassou quase no início. Elas continuaram a se comportar como antes e, quando tratadas com generosidade, simplesmente se aproveitavam disso. A gata entrou no Comitê de Reeducação e, por alguns dias, foi bem ativa. Um dia, foi vista sentada num telhado conversando com alguns pardais que estavam fora de seu alcance. Ela dizia a eles que todos os animais agora eram camaradas e que qualquer pardal que quisesse poderia vir e pousar em sua pata; mas os pardais mantiveram distância.

A aula de leitura e escrita, no entanto, era um grande sucesso. No outono, quase todos os animais da fazenda estavam alfabetizados de alguma forma.

Quanto aos porcos, já sabiam ler e escrever perfeitamente. Os cães aprenderam a ler razoavelmente bem, mas não tinham interesse em ler nada além dos Sete Mandamentos. Maricota, a cabra, lia melhor do que os cães e, às vezes, à tarde, costumava ler para os outros pedaços de jornal que tinha encontrado na pilha de lixo. Benjamim lia tão bem quanto qualquer porco, mas nunca exercitava sua capacidade. Até onde sabia, dizia que não havia nada que valesse a pena ler. Quitéria tinha aprendido todo o alfabeto, mas não conseguia juntar palavras. Sansão não conseguia passar da letra D. Ele desenhava A, B, C, D na terra com sua grande pata e ficava olhando as letras com as orelhas para trás, algumas vezes sacudindo o topete, tentando com todas as forças se lembrar do que vinha a seguir, mas nunca conseguia. Em diversas ocasiões, na verdade, ele chegou a aprender E, F, G, H, mas, quando as aprendia, descobria sempre que tinha esquecido A, B, C e D. Por fim, decidiu se contentar com as primeiras quatro letras e costumava escrevê-las uma ou duas vezes ao dia para refrescar a memória. Mimosa se recusou a aprender qualquer coisa além das seis letras de seu próprio nome. Ela juntava as letras muito bem com pedaços de galhos, depois as decorava com uma flor ou duas e ficava andando ao redor, admirando.

Nenhum dos outros animais da fazenda conseguiu ir além da letra A. Descobriu-se também que os animais menos inteligentes, como as ovelhas, as galinhas e os patos, não conseguiam aprender os Sete Mandamentos de cor. Depois de muito pensar, Bola de Neve declarou que os Sete Mandamentos poderiam, na verdade, ser reduzidos a uma única máxima, ou seja: "Quatro pernas, bom; duas pernas, ruim". Isso, ele dizia, continha o princípio essencial do Animalismo. Quem tivesse compreendido completamente a regra estaria a salvo das influências humanas. Primeiro os pássaros reclamaram, uma vez que lhes parecia que também tinham duas pernas, mas Bola de Neve provou a eles que não era o caso.

– A asa de um pássaro, camaradas – disse –, é um órgão de propulsão e não de manipulação. Portanto, deve ser observada como uma perna. A marca distinta do homem é a MÃO, o instrumento com o qual ele faz toda a sua maldade.

Os pássaros não entenderam as longas palavras de Bola de Neve, mas aceitaram sua explicação, e todos os animais mais simples começaram a se esforçar para decorar a nova máxima. QUATRO PERNAS, BOM; DUAS PERNAS, RUIM foi escrito na parede dos fundos do celeiro acima dos Sete Mandamentos e em letras maiores. Uma vez tendo decorado isso, as ovelhas desenvolveram um grande gosto por essa máxima e com frequência, quando estavam deitadas no campo, começavam todas a balir: – Quatro pernas, bom; duas pernas, ruim! Quatro pernas, bom; duas pernas, ruim! – E repetiam por horas a fio, sem nunca se cansar.

Napoleão não tinha interesse nos comitês de Bola de Neve. Dizia que a educação dos jovens era mais importante do que qualquer coisa que pudesse ser feita pelos já adultos. Aconteceu que tanto Lulu quanto Ferrabrás tiveram filhotes logo após a colheita do feno; somadas as duas ninhadas, o número total foi de nove cachorrinhos robustos. Assim que foram desmamados, Napoleão os separou das mães dizendo que se responsabilizaria por sua educação. Ele os levou a um mezanino que só era acessado por uma escada na sala de arreios e ali os manteve em total reclusão, tanto que o restante dos animais da fazenda logo esqueceu da existência deles.

O mistério sobre para onde estava indo o leite logo foi resolvido. Era misturado todos os dias na ração dos porcos. As primeiras maçãs agora estavam amadurecendo e a grama do pomar estava cheia de frutas derrubadas pelo vento. Os animais presumiram, naturalmente, que isso seria dividido igualmente; um dia, no entanto, foi dada a ordem para que todas as frutas caídas fossem recolhidas e levadas à sala de arreios para consumo dos porcos. Alguns animais reclamaram, mas foi inútil. Todos os porcos estavam em total acordo nessa questão, até

Bola de Neve e Napoleão. Garganta foi designado para dar todas as explicações necessárias aos outros.

– Camaradas! – ele gritou. – Vocês não estão achando, espero, que nós, porcos, estamos fazendo isso no espírito de egoísmo e privilégio. Muitos de nós, na verdade, não gostamos de leite e maçãs. Eu mesmo não gosto. Nosso único objetivo em pegar essas coisas é preservar nossa saúde. Leite e maçãs (isso está provado pela ciência, camaradas) contêm substâncias muito necessárias ao bem-estar de um porco. Nós, porcos, somos trabalhadores intelectuais. Todo o gerenciamento e organização desta fazenda depende de nós. Dia e noite estamos cuidando de seu bem-estar. É pelo bem de VOCÊS que bebemos aquele leite e comemos aquelas maçãs. Sabem o que aconteceria se nós, porcos, falhássemos com nosso dever? Jones voltaria! Sim, Jones voltaria! Com certeza, camaradas – gritou Garganta quase suplicante, pulando de um lado a outro, balançando o rabicho –, com certeza, não há ninguém entre vocês que queira ver Jones de volta!

Bem, se havia uma coisa da qual todos os animais tinham total certeza, era de que não queriam Jones de volta. Quando a questão foi posta sob essa luz, não tiveram nada mais a dizer. A importância de manter os porcos em boa saúde estava óbvia demais. Assim, foi acordado, sem maiores reclamações, que o leite e as maçãs caídas (assim como a principal colheita das maçãs quando estivessem maduras) deveriam ser reservados somente aos porcos.

CAPÍTULO 4

No final do verão, a notícia sobre o que havia acontecido na Fazenda dos Animais tinha se espalhado pela região. Todos os dias Bola de Neve e Napoleão enviavam pombos com instruções para que se misturassem com os animais das fazendas vizinhas, contassem a história da Rebelião e ensinassem a eles a música "Bichos da Inglaterra".

Na maior parte desse tempo, o Sr. Jones passava sentado na taverna Leão Vermelho, em Willingdon, reclamando, para quem quisesse ouvir, da monstruosa injustiça que tinha sofrido ao ser expulso de sua propriedade por um bando de animais imprestáveis. A princípio, os outros fazendeiros se solidarizaram, mas não o ajudaram muito. No fundo, cada um deles estava se perguntando secretamente como poderia, de alguma forma, se beneficiar do infortúnio de Jones. Por sorte, os donos das duas fazendas adjacentes à Fazenda dos Animais viviam em condições permanentemente ruins. Uma delas, chamada Foxwood, era uma fazenda grande, abandonada e antiquada, coberta por muito mato, com pastagens desgastadas e cercas em condições precárias. Seu dono, o Sr. Pilkington, era um fazendeiro despreocupado que passava a maior parte do tempo pescando ou caçando, de acordo com a temporada. A outra fazenda, chamada Pinchfield, era menor e mais bem cuidada. Seu dono era o Sr. Frederick, um homem rude e astuto, sempre envolvido em processos judiciais e com a fama de conduzir negociações difíceis. Esses dois se detestavam tanto, que era difícil chegar a qualquer acordo, mesmo que fosse em defesa de seus próprios interesses.

No entanto, ambos estavam tremendamente assustados com a rebelião na Fazenda dos Animais e ansiosos em evitar que seus próprios animais soubessem demais sobre ela. No início, fingiram rir, desprezando a ideia de animais administrando, por conta própria, uma fazenda. Tudo vai acabar em quinze dias, diziam. Argumentavam que os animais da Fazenda do Solar (insistiam em chamá-la de Fazenda do Solar, pois não toleravam o nome Fazenda dos Animais) viviam em eterna briga entre si e que rapidamente morreriam de fome. Com o passar do tempo, pelo fato de os animais não terem morrido de fome, Frederick e Pilkington mudaram o discurso e começaram a falar sobre a terrível maldade que agora florescia na Fazenda dos Animais. Diziam que os animais ali praticavam canibalismo, torturavam uns aos outros com ferraduras em brasa e compartilhavam as fêmeas. Era esse o resultado de se rebelar contra as leis da natureza, diziam Frederick e Pilkington.

No entanto, nunca se acreditou completamente nessas histórias. Rumores de uma fazenda maravilhosa, de onde os seres humanos tinham sido expulsos e os animais administravam suas próprias questões, continuavam a circular de maneira vaga e distorcida, e, ao longo daquele ano, uma onda de rebelião percorreu a região. Bois, que sempre foram dóceis, de repente se tornavam selvagens;

ovelhas destruíam cercas e devoravam os trevos; vacas chutavam os baldes para longe; cavalos recusavam os saltos e derrubavam seus cavaleiros. E, principalmente, a melodia e até a letra de "Bichos da Inglaterra" eram conhecidas por toda parte. A canção tinha se espalhado com surpreendente velocidade. Os seres humanos não conseguiam conter sua raiva quando a ouviam, embora fingissem achá-la apenas ridícula. Não conseguiam entender, diziam, como até mesmo animais pudessem cantar aquela porcaria. Qualquer animal flagrado cantando era açoitado na hora. E, ainda assim, a música era incontrolável. Os melros a cantavam nas cercas, os pombos arrulhavam nas árvores, ela aparecia nas marteladas dos ferreiros e no badalar dos sinos da igreja. E quando os seres humanos a escutavam, tremiam em segredo, ouvindo nela uma profecia sobre sua futura condenação.

No início de outubro, quando o milho já estava colhido e empilhado, e parte dele já estava debulhado, uma revoada de pombos chegou alvoroçada e pousou no pátio da Fazenda dos Animais na mais selvagem agitação. Jones e todos os seus homens, com meia dúzia de outros de Foxwood e Pinchfield, tinham passado pela porteira de cinco barras e vinham subindo pela trilha que levava até a fazenda. Todos carregavam varas, exceto Jones, que seguia à frente com uma arma nas mãos. Obviamente iriam tentar retomar a fazenda.

Isso já era esperado há muito tempo e todos os preparativos haviam sido feitos. Bola de Neve, que estudara sobre as campanhas de Júlio César num velho livro que encontrara na casa da fazenda, estava encarregado das operações de defesa. Deu as ordens e, em poucos minutos, todos os animais estavam em seus postos.

Enquanto os seres humanos se aproximavam dos prédios da fazenda, Bola de Neve lançou seu primeiro ataque. Todos os pombos, em número de trinta e cinco, voaram de um lado para o outro sobre as cabeças dos homens e, do ar, defecaram sobre eles; e, enquanto os homens lidavam com isso, os gansos, que haviam se escondido atrás da moita, correram e bicaram ferozmente as panturrilhas deles. No entanto, isso era apenas uma leve manobra de batalha com a intenção de criar uma pequena desordem, e os homens afastaram os gansos com suas varas. Bola de Neve então lançou sua segunda linha de ataque. Maricota, Benjamim e todas as ovelhas, com Bola de Neve à frente, correram e começaram a cutucar e a empurrar os homens por todos os lados, enquanto Benjamim se virava e os atingia com seus pequenos cascos. Porém, mais uma vez, os homens, com suas varas e botas, foram mais fortes que eles; e, de repente, com um guincho de Bola de Neve, que era o sinal de retirada, todos os animais se viraram e fugiram para o pátio, pelo portão.

Os homens deram um grito de vitória. Viram, como tinham imaginado, seus inimigos fugindo e correram atrás deles desordenadamente. Mas era isso o que Bola de Neve queria. Assim que os homens estavam bem no meio do pátio, os três cavalos, as três vacas e o restante dos porcos, que estavam emboscados no estábulo, surgiram repentinamente atrás deles, isolando-os. Bola de Neve então deu o sinal para o ataque. Ele mesmo correu direto para Jones. Jones o viu chegando, levantou a arma e atirou. As balas fizeram respingos de sangue nas costas de Bola de Neve e uma ovelha caiu morta. Sem parar um instante, Bola de Neve lançou seus cem quilos contra as pernas de Jones, que foi jogado sobre uma pilha de esterco, e a arma voou de suas mãos. Porém, o mais terrível espetáculo de todos foi o de Sansão, que se levantou sobre as patas traseiras e atacou com seus grandes cascos de ferro, como um garanhão. Seu primeiro golpe acertou um cavalariço de Foxwood na cabeça e o lançou imóvel na lama. Ao ver aquilo, diversos homens largaram as varas e tentaram correr. O pânico tomou conta deles, e, no momento seguinte, todos os animais juntos estavam perseguindo-os em círculos pelo pátio. Foram feridos, chutados, mordidos, pisoteados. Não houve um animal da fazenda que não tivesse se vingado do seu próprio jeito. Até a gata, de repente, saltou de um telhado sobre os ombros de um vaqueiro e cravou as garras em seu pescoço, ao que ele gritou horrivelmente. No momento em que o caminho ficou livre, os homens saíram correndo do pátio e dispararam em direção à estrada principal. E assim, cinco minutos após a invasão, estavam em vergonhosa retirada pela mesma trilha por onde haviam chegado, com um bando de gansos gritando atrás deles e bicando suas panturrilhas pelo caminho.

Todos os homens tinham ido embora, exceto um. No pátio, Sansão cutucava com a pata o cavalariço que estava deitado de bruços na lama, tentando virá-lo. O rapaz não se mexia.

– Ele está morto – Sansão falou com tristeza. – Não tinha intenção de fazer isso. Esqueci que estava usando ferraduras. Quem vai acreditar que não fiz de propósito?

– Sem sentimentalismos, camarada! – gritou Bola de Neve, de cujas feridas o sangue ainda escorria. – Guerra é guerra. O único ser humano bom é o que está morto.

– Não tenho desejo de tirar vida, nem mesmo vida humana – repetia Sansão. E seus olhos estavam cheios de lágrimas.

– Onde está Mimosa? – alguém perguntou.

Mimosa estava sumida, de fato. Por um instante, houve um grande susto; temia-se que os homens pudessem tê-la machucado de alguma forma, ou até a levado com eles. Por fim, Mimosa foi encontrada escondida em sua baia, com a cabeça mergulhada no feno. Tinha fugido assim que a arma disparara. E, quando os outros voltaram ao pátio, descobriram que o cavalariço estava, na verdade, apenas desmaiado, já tinha se recuperado e fugido.

Os animais então se reuniram no mais selvagem entusiasmo, cada um contando suas próprias proezas da batalha, falando o mais alto que conseguia. Uma improvisada comemoração de vitória foi organizada na hora. A bandeira foi hasteada e "Bichos da Inglaterra" foi cantada diversas vezes. A ovelha que morrera recebeu um funeral solene e um arbusto de espinheiro foi colocado sobre seu túmulo. Ao lado dele, Bola de Neve fez um pequeno discurso enfatizando a necessidade de todos os animais estarem prontos a morrer pela Fazenda dos Animais se isso fosse necessário.

Os animais decidiram unanimemente criar uma condecoração militar, Herói Animal: Primeira Classe, que foi conferida ali mesmo a Bola de Neve e a Sansão. Consistia em uma medalha de bronze (na verdade, eram velhos medalhões usados nos arreios que tinham sido encontrados na estrebaria) para ser usada aos domingos e feriados. Teve também a condecoração Herói Animal: Segunda Classe, conferida postumamente à ovelha morta.

Houve muita discussão sobre qual deveria ser o nome da batalha. Por fim, foi batizada de Batalha do Estábulo, uma vez que era o local onde a emboscada tinha sido preparada. A arma do Sr. Jones foi encontrada na lama, e era sabido que havia um estoque de cartuchos na casa da fazenda. Decidiram colocar a arma aos pés do mastro da bandeira, como uma peça de artilharia, e dispará-la duas vezes por ano – no dia 12 de outubro, aniversário da Batalha do Estábulo, e no dia do solstício de verão, aniversário da Rebelião.

CAPÍTULO 5

À MEDIDA QUE O INVERNO AVANÇAVA, MIMOSA SE tornava cada vez mais problemática. De manhã estava sempre atrasada para o trabalho, se desculpava dizendo que tinha dormido demais e reclamava de dores misteriosas, embora seu apetite estivesse excelente. Usava qualquer tipo de pretexto para fugir do trabalho e ir para o lago, onde ficava olhando seu próprio reflexo na água. Mas também havia boatos de algo mais sério. Um dia, quando Mimosa estava trotando alegremente pelo pátio, brincando com sua longa cauda e mastigando um pedaço de feno, Quitéria a puxou de lado.

– Mimosa – disse. – Tenho uma coisa muito séria para falar. Esta manhã vi você olhando pela cerca que divide a Fazenda dos Animais e Foxwood. Um dos homens do Sr. Pilkington estava de pé do outro lado da cerca. Eu estava longe, mas tenho quase certeza do que vi... Ele falava com você e você o deixava acariciar seu nariz. O que é isso, Mimosa?

– Ele não fez isso! Eu não deixei! Não é verdade! – Mimosa gritou, começando a empinar e dar patadas no chão.

– Mimosa! Olha para mim. Você dá sua palavra de honra que aquele homem não estava fazendo carinho no seu nariz?

– Não é verdade! – Mimosa repetiu, mas não conseguiu olhar Quitéria nos olhos e, no instante seguinte, se virou e galopou para longe, no campo.

Um pensamento passou pela cabeça de Quitéria. Sem dizer nada aos outros, foi até a baia de Mimosa e revirou a palha com a pata. Escondidos sob a palha, havia uma pequena pilha de torrões de açúcar e montes de fitas de diversas cores.

Três dias mais tarde, Mimosa desapareceu. Durante algumas semanas, nada se sabia de seu paradeiro, então os pombos relataram que a tinham visto no outro lado de Willingdon. Estava atrelada a uma pequena carroça pintada de vermelho e preto, parada do lado de fora de uma taverna. Um homem gordo de rosto rosado, com calças e polainas xadrez, que parecia ser o taverneiro, acariciava seu nariz e lhe alimentava com torrões de açúcar. O pelo fora aparado há pouco tempo e ela usava uma fita escarlate no topete. Parecia estar se divertindo, segundo os pombos. Nenhum animal jamais voltou a mencionar Mimosa.

Em janeiro o clima ficou bem difícil. A terra estava dura como ferro e nada podia ser feito nos campos. Muitas reuniões eram realizadas no grande celeiro e os porcos se ocupavam em planejar o trabalho da estação seguinte. Fora aceito que os porcos, que eram visivelmente mais inteligentes do que os outros animais, deveriam decidir todas as questões de política da fazenda, embora suas decisões devessem ser ratificadas por voto da maioria. Esse acordo teria funcionado muito bem, não fossem as disputas entre Bola de Neve e Napoleão. Esses dois discordavam sobre qualquer questão em que fosse possível discordar. Se um deles sugerisse o plantio de uma área maior de cevada, o outro certamente exigia uma área maior de plantio de aveia, e se um deles dissesse que tal ou qual terreno era perfeito para repolhos, o outro diria que o terreno só servia para raízes. Cada um tinha seus próprios seguidores, e houve algumas discussões violentas. Nas reuniões, normalmente Bola de Neve conquistava a maioria com seus brilhantes discursos, mas Napoleão era melhor em angariar apoio para si nos intervalos. Ele tinha sucesso especial entre as ovelhas. Nos últimos dias, as ovelhas começavam a balir "Quatro pernas, bom; duas pernas, ruim!" em horas próprias e impróprias e, com frequência, interrompiam a Reunião com isso. Notou-se que estavam propensas a balir "Quatro pernas, bom; duas pernas, ruim!" em momentos cruciais dos discursos de Bola de Neve. Ele fizera um estudo minucioso de alguns exemplares antigos da revista *Fazendeiro e Criador* que tinha encontrado na casa da fazenda e estava cheio de planos para inovações e melhorias. Falava, demonstrando conhecimento, sobre drenos no campo, ensilagem e fertilização básica, e tinha elaborado um complexo esquema para que todos os animais soltassem seu esterco diretamente no campo, em um lugar diferente a cada dia, para economizar o trabalho do carreto. Napoleão não elaborava seus próprios planos, mas dizia baixinho que os planos de Bola de Neve não dariam em nada e parecia estar esperando sua chance. Mas, de todas as divergências entre eles, nenhuma foi tão séria quanto a que ocorreu sobre o moinho de vento.

No extenso pasto, não muito longe das construções, havia uma pequena colina, que era o ponto mais alto da fazenda. Após examinar o terreno, Bola de Neve declarou que era o lugar ideal para colocar um moinho de vento, que poderia ser construído para operar um dínamo e abastecer a fazenda com energia elétrica. Isso iluminaria os estábulos e os aqueceria no inverno, e também faria funcionar uma serra circular, um cortador de palha, um fatiador e uma máquina elétrica de ordenha. Os animais nunca tinham ouvido falar de nada desse tipo (pois a fazenda era antiquada e tinha apenas o maquinário mais elementar) e ouviam atônitos enquanto Bola de Neve descrevia imagens de fantásticas máquinas que fariam o trabalho para eles, enquanto pastavam à vontade nos campos ou aprimoravam suas mentes com leitura ou conversa.

Em poucas semanas, os planos para o moinho de vento estavam totalmente elaborados. Os detalhes mecânicos vieram, na maior parte, de três livros que pertenciam ao Sr. Jones: *Mil Coisas Úteis para Fazer na Casa*, *Todo Homem é Seu Próprio Pedreiro* e *Eletricidade para Iniciantes*. Bola de Neve utilizava como escritório um galpão que antes era usado como incubadora e tinha o chão de madeira liso, ideal para desenhar. Ele ficava fechado ali por horas. Com os livros abertos, usando uma pedra como peso e um pedaço de giz preso entre os nós de sua pata, se movia rapidamente para a frente e para trás, desenhando linha após linha e soltando gritinhos de animação. Aos poucos, os planos se transformaram em uma complicada engrenagem de manivelas e rodas dentadas, cobrindo mais da metade do chão, que os outros animais achavam incompreensível, porém, impressionante.

Todos iam ver os desenhos de Bola de Neve pelo menos uma vez por dia. Até as galinhas e os patos iam ver, com o cuidado de não pisar nas marcas de giz. Apenas Napoleão se mantinha indiferente. Tinha se declarado contra o moinho de vento desde o início. Um dia, entretanto, chegou inesperadamente para examinar os planos. Caminhou pesadamente pelo galpão, olhou cada detalhe dos planos com atenção e os cheirou uma ou duas vezes, e depois ficou um tempinho contemplando de canto de olho; então, de repente, levantou a perna, urinou sobre os planos e saiu sem dizer uma palavra.

A fazenda toda estava muito dividida sobre a questão do moinho de vento. Bola de Neve não tinha negado que a construção seria uma tarefa difícil. Pedras deveriam ser carregadas e usadas para construir paredes, as pás deveriam ser feitas e, depois disso, haveria necessidade de dínamos e cabos. (Como seriam adquiridos, ele não explicava.) Mas sustentava que tudo isso poderia ser feito em um ano. E depois declarava que muito trabalho seria economizado, já que os animais iriam precisar trabalhar apenas três dias por semana. Napoleão, por sua vez, defendia que a grande necessidade do momento era aumentar a produção de comida e que, se desperdiçassem tempo com o moinho, todos morreriam de fome. Os animais se dividiram em duas facções sob os slogans "Vote em Bola de Neve e na semana de três dias" e "Vote em Napoleão e na manjedoura cheia". Benjamim foi o único animal que não se aliou a nenhuma facção. Recusava-se a acreditar tanto que a comida seria farta quanto que o moinho economizaria trabalho. Com moinho ou não, ele dizia, a vida vai continuar como sempre, ou seja, muito ruim.

Além da disputa sobre o moinho de vento, havia a questão da defesa da fazenda. Percebeu-se plenamente que, apesar de os seres humanos terem sido derrotados na Batalha do Estábulo, eles poderiam fazer outra e mais determinada na tentativa de retomar a fazenda e reintegrar o Sr. Jones. Eles tinham muitas razões para fazer isso porque a notícia de sua derrota tinha se espalhado pela região e deixado os animais da vizinhança mais inquietos do que nunca. Como sempre, Bola de Neve e Napoleão estavam em desacordo. Para Napoleão, o que os animais deveriam fazer era conseguir armas de fogo e treinar para usá-las. Para Bola de Neve, deveriam enviar cada vez mais pombos e incitar a rebelião entre os animais das outras fazendas. Um argumentava que, se não pudessem se defender, estavam destinados a ser conquistados; o outro argumentava que, se rebeliões ocorressem por todos os lados, não haveria necessidade de se defenderem. Os animais primeiro ouviram Napoleão, depois Bola de Neve, e não conseguiam decidir o que era certo; na verdade, eles sempre se viam concordando com quem estava falando no momento.

Por fim, chegou o dia em que os planos de Bola de Neve estavam concluídos. Na Reunião do domingo seguinte, a questão de construir ou não o moinho de vento seria colocada em votação. Quando os animais se reuniram no grande celeiro, Bola de Neve se levantou e, embora eventualmente interrompido pelos balidos das ovelhas, expôs suas razões para defender a construção do moinho. Então Napoleão se levantou para responder. Com muita tranquilidade, disse que o moinho era uma bobagem, que aconselhava ninguém votar a favor e rapidamente se sentou; mal falara trinta segundos e parecia quase indiferente ao efeito que produzira. Diante disso, Bola de Neve se levantou e, calando as ovelhas que tinham começado a balir de novo, começou um apelo apaixonado em favor do moinho de vento. Até então, os animais estavam igualmente divididos em suas preferências, mas em um momento a eloquência de Bola de Neve os conquistou. Com frases brilhantes, ele desenhou a imagem de como poderia ser a Fazenda dos Animais quando o trabalho pesado fosse tirado das costas dos animais. Sua imaginação agora ia muito além de cortadores de palha e fatiadores. Eletricidade, ele dizia, poderia operar debulhadoras, arados, rolos, ceifeiras e atadeiras, além de suprir cada baia com sua própria luz elétrica, água quente e fria, e um aquecedor. Quando terminou de falar, não havia dúvida sobre a direção que a votação tomaria. Mas nesse exato momento Napoleão se levantou, dando uma estranha olhada de rabo de olho para Bola de Neve, e soltou um guincho agudo daqueles que ninguém jamais o tinha ouvido soltar.

Com isso, ouviu-se o som de terríveis latidos do lado de fora e nove cães enormes, usando coleiras cravejadas de bronze, entraram correndo no celeiro. Correram diretamente para Bola de Neve, que pulou de seu lugar a tempo de escapar daquelas mandíbulas. Em instantes, estava saindo pela porta e os cães atrás dele. Assustados e amedrontados demais para falar, todos os animais se amontoaram na porta para assistir à perseguição. Bola de Neve estava correndo pelo extenso pasto que levava à estrada. Corria como só um porco pode correr, mas os cães estavam em seus calcanhares. De repente, ele escorregou e parecia certo de que o iriam pegar. Então se levantou novamente, correndo mais rápido do que nunca, enquanto os cães se aproximavam. Um dos cães quase mordeu o rabicho de Bola de Neve, mas ele escapou bem na hora. Então, num esforço extra e com alguns centímetros de vantagem, escorregou por um buraco na cerca e não foi mais visto.

Em silêncio e aterrorizados, os animais voltaram para o celeiro. Logo em seguida os cães voltaram. No início, ninguém conseguia imaginar de onde tinham vindo aquelas criaturas, mas o problema foi logo resolvido: eram os filhotes que Napoleão havia afastado das mães e criado escondido. Embora ainda não estivessem totalmente crescidos, eram cães enormes e pareciam lobos ferozes. Ficaram ao lado de Napoleão. Notou-se que balançavam o rabo para ele da mesma forma como os outros cães costumavam fazer para o Sr. Jones.

Napoleão, com os cães ao seu redor, subiu na parte elevada do chão onde Major estivera antes para fazer seu discurso. Anunciou que de agora em diante as reuniões das manhãs de domingo estariam encerradas. Eram desnecessárias, disse, e perda de tempo. No futuro, todas as questões relativas ao trabalho da fazenda seriam resolvidas por um comitê especial de porcos, presidido por ele mesmo. Iriam se reunir separadamente e depois comunicariam suas decisões aos outros. Os animais ainda se reuniriam nas manhãs de domingo para saldar a bandeira, cantar "Bichos da Inglaterra" e receber suas ordens da semana; mas não haveria mais debates.

Apesar do choque que a expulsão de Bola de Neve causara neles, os animais ficaram consternados com o anúncio. Diversos deles teriam protestado se tivessem conseguido pensar no argumento certo. Até Sansão ficou ligeiramente confuso. Colocou as orelhas para trás, balançou seu topete diversas vezes e tentou arduamente controlar seus pensamentos; mas, ao final, não conseguiu pensar em nada para dizer. Alguns dos próprios porcos, no entanto, eram mais articulados. Quatro jovens leitões na primeira fila soltaram grunhidos de desaprovação e todos os quatro se levantaram e começaram a falar ao mesmo tempo. Porém, de repente, os cães sentados ao redor de Napoleão rosnaram de modo profundo e ameaçador, e os porcos se calaram e se sentaram de novo. Então as ovelhas começaram um tremendo balido "Quatro pernas, bom; duas pernas, ruim!", que durou quase um quarto de hora e colocou um fim a qualquer possibilidade de discussão.

Depois Garganta foi enviado para percorrer a fazenda e explicar a nova situação aos outros.

– Camaradas – dizia –, acredito que cada animal aqui valorize o sacrifício que o Camarada Napoleão fez em assumir esse trabalho extra. Não pensem, camaradas, que a liderança é um prazer! Ao contrário, é uma profunda e pesada responsabilidade. Ninguém acredita com mais firmeza do que o Camarada Napoleão de que todos os animais são iguais. Ele ficaria muito feliz em deixar que vocês tomassem suas próprias decisões. Mas, às vezes, vocês poderiam tomar as decisões erradas, camaradas, e onde estaríamos? Suponham que tivessem decidido seguir Bola de Neve com seus sonhos do moinho de vento? Ele que, como sabem, não passava de um criminoso.

– Ele lutou bravamente na Batalha do Estábulo – alguém disse.

– Bravura não é suficiente – disse Garganta. – Lealdade e obediência são mais importantes. E, quanto à

Batalha do Estábulo, acredito que chegará o dia em que descobriremos que exageraram demais o papel de Bola de Neve nela. Disciplina, camaradas, disciplina ferrenha! Essa é a palavra de ordem para hoje. Um passo em falso e nossos inimigos estarão sobre nós. Por certo, camaradas, vocês querem Jones de volta?

Uma vez mais esse argumento era incontestável. Com certeza, os animais não queriam Jones de volta; se os debates das manhãs de domingo seriam capazes de trazê-lo de volta, então os debates deveriam cessar. Sansão, que agora tivera tempo para pensar sobre o assunto, expressou o sentimento geral ao dizer:

– Se Camarada Napoleão diz, tem que estar certo. – E daí em diante adotou a máxima "Napoleão está sempre certo" em conjunto com seu lema particular, "Vou trabalhar mais".

A essa altura, o clima tinha melhorado e o tempo de arar da primavera começara. O galpão onde Bola de Neve havia desenhado seus planos para o moinho de vento fora fechado e achava-se que tivessem sido apagados do chão. Todo domingo pela manhã, às dez horas, os animais se reuniam no grande celeiro para receber as ordens da semana. O crânio do velho Major, agora sem carne, fora desenterrado do pomar e colocado sobre um toco aos pés do mastro, ao lado da arma. Depois de hastear a bandeira, os animais tinham de fazer uma fila e passar em frente ao crânio de forma reverente antes de entrar no celeiro. Agora não se sentavam todos juntos como faziam no passado. Napoleão, com Garganta e um outro porco chamado Mínimus, que tinha um incrível dom para compor músicas e poemas, se sentavam na frente da plataforma elevada, com os nove cães formando um semicírculo ao redor deles, e os outros porcos sentados atrás. O restante dos animais se sentava de frente para eles no chão do celeiro. Napoleão lia, em um tom militarizado, as ordens da semana e, após cantarem uma única vez "Bichos da Inglaterra", todos os animais se dispersavam.

No terceiro domingo após a expulsão de Bola de Neve, os animais ficaram um tanto surpresos ao ouvir Napoleão anunciar que o moinho de vento, afinal, seria construído. Ele não deu nenhum motivo justificando a mudança de opinião, apenas alertou os animais que essa tarefa extra significaria muito trabalho duro e que poderia até ser necessário reduzir as rações. Os planos, no entanto, tinham sido todos preparados, até o último detalhe. Um comitê especial de porcos vinha trabalhando neles nas últimas três semanas. A construção do moinho, com diversas melhorias, deveria durar dois anos.

Naquela noite, em particular, Garganta explicou aos outros animais que Napoleão nunca se opusera realmente ao moinho. Pelo contrário, havia sido ele que o defendera no início e que os planos que Bola de Neve desenhara no chão do galpão incubadora, na verdade, tinham sido roubados dos papéis de Napoleão. O moinho era, de fato, criação de Napoleão. "Por que, então", alguém perguntou, "ele tinha falado tão veementemente contra?". Aqui Garganta foi bem malicioso. "Isso", disse, "foi a astúcia do Camarada Napoleão". Ele *parecia* se opor ao moinho apenas como uma manobra para se livrar do oponente, que era perigoso e uma má influência. Agora que Bola de Neve estava fora do caminho, o plano poderia seguir em frente sem sua interferência. "Isso", disse Garganta, era uma coisa chamada tática. Ele repetiu inúmeras vezes "tática, camaradas, tática!", saltando e balançado o rabicho com uma risada alegre. Os animais não tinham certeza do significado daquela palavra, mas Garganta falava de um jeito tão persuasivo, e os três cães que estavam com ele rosnavam tão forte, que aceitaram sua explicação sem mais perguntas.

CAPÍTULO 6

DURANTE TODO AQUELE ANO OS ANIMAIS TRABALHAram como escravos. Mas estavam felizes com seu trabalho; não poupavam esforços ou sacrifícios, cientes de que tudo o que faziam era pelo seu próprio benefício e daqueles de sua espécie que viriam depois, e não para um bando de seres humanos ladrões e ociosos.

Durante a primavera e o verão, trabalharam sessenta horas por semana e, em agosto, Napoleão anunciou que teriam que trabalhar nas tardes de domingo também. Esse seria um trabalho estritamente voluntário, mas qualquer animal que se ausentasse teria sua ração cortada pela metade. Mesmo assim, foi necessário deixar algumas tarefas por fazer. A colheita foi um pouco menos bem-sucedida que no ano anterior e dois campos, que deveriam ter sido semeados com raízes no início do verão, não o foram por não terem sido totalmente arados no devido tempo. Era possível prever que o próximo inverno seria difícil.

O moinho de vento apresentou dificuldades inesperadas. Havia uma boa pedreira de calcário na fazenda e muita areia e cimento foram encontrados em um dos anexos, então todos os materiais para a construção estavam disponíveis. Mas o problema que os animais não conseguiam resolver no início era como quebrar as pedras nos tamanhos adequados. Parecia não haver outra forma de fazer isso a não ser com picaretas e pés de cabra, o que nenhum animal poderia usar porque eles não conseguiam se manter de pé nas patas traseiras. Foi somente após semanas de esforços em vão, que a ideia ocorreu a alguém, ou seja, utilizar a força da gravidade. Pedras enormes, grandes demais para serem utilizadas, estavam por todo o leito da pedreira. Os animais amarraram cordas ao redor delas e então todos juntos – vacas, cavalos, ovelhas, e qualquer animal que pudesse segurar uma corda, até os porcos às vezes se juntavam em momentos mais críticos – arrastavam as pedras com desesperadora lentidão encosta acima da pedreira, de onde as empurravam pela borda para se espatifarem em pedaços lá embaixo. Transportar a pedra uma vez quebrada seria mais simples. Os cavalos as levavam em carroças, as ovelhas arrastavam blocos individuais, até Maricota e Benjamim se atrelaram a uma velha carroça e fizeram sua parte. No final do verão, uma quantidade suficiente de pedras havia sido acumulada, e daí a construção começou sob a supervisão dos porcos.

Mas foi um processo lento e trabalhoso. Com frequência, era preciso um dia inteiro de esforço exaustivo para levar uma única pedra até o topo da pedreira e, às vezes, quando era empurrada para a borda, não quebrava. Nada poderia ter sido alcançado sem Sansão, cuja força parecia igual à de todos os animais juntos. Quando uma pedra começava a escorregar e os animais gritavam em desespero ao se verem arrastados morro abaixo, era sempre Sansão que se colocava contra a corda e fazia a pedra parar. Vê-lo subindo a encosta, centímetro a centímetro, respiração acelerada, pontas dos cascos arranhando o chão e as costas molhadas de suor, enchia a todos de admiração. Quitéria às vezes o alertava a tomar cuidado para não se esforçar demais, porém Sansão nunca a ouvia. Seus dois lemas "Vou trabalhar mais" e "Napoleão está sempre certo" lhe pareciam respostas suficientes para todos os problemas. Tinha combinado com o galo para acordá-lo quarenta e cinco minutos mais cedo de manhã, em vez de meia hora. E em seus momentos de folga, que não eram muitos atualmente, ia para a pedreira, coletava um carregamento de pedras quebradas e o levava para o local do moinho, sozinho.

Os animais não ficaram mal durante aquele verão, apesar da dureza do trabalho. Se não tinham mais comida do que no tempo de Jones, pelo menos não tinham menos. A vantagem de ter que alimentar a si próprios e não ter que manter cinco seres humanos extravagantes era tão grande, que seriam necessários muitos fracassos para superá-la. E, de muitas formas, o método animal de fazer as coisas era mais eficiente e economizava trabalho. Tarefas como tirar ervas daninhas, por exemplo, podiam ser feitas com uma eficácia impossível aos seres humanos. E, novamente, como nenhum animal agora roubava, era desnecessário separar o pasto das terras aráveis, o que economizava muito trabalho de manutenção das cercas e portões. No entanto, ao final do verão, várias faltas inesperadas começaram a ser sentidas. Havia necessidade de parafina, pregos, barbante, biscoito de cachorro e ferro para as ferraduras, nada que podia ser produzido na fazenda. Mais tarde também seriam necessárias sementes e adubos artificiais, além de diversas ferramentas e, por fim, maquinário para o moinho. Como essas coisas seriam adquiridas, ninguém era capaz de imaginar.

Numa manhã de domingo, quando os animais se reuniram para receber suas ordens, Napoleão anunciou que tinha decidido uma nova política. Daí em diante, a Fazenda dos Animais negociaria com as fazendas vizinhas: não, é claro, para fazer comércio, mas apenas para obter determinados materiais que eram necessários com urgência. As necessidades do moinho deveriam ser mais importantes do que tudo, disse. Então estava fazendo arranjos para vender uma saca de feno e parte da atual safra de trigo, e, mais tarde, se precisassem de dinheiro, teria que ser ganho com a venda de ovos, que sempre tinha mercado em Willingdon. As galinhas, disse Napoleão, deveriam entender esse sacrifício como sua contribuição especial para a construção do moinho de vento.

Uma vez mais, os animais sentiram uma certa inquietação. Nunca ter que lidar com seres humanos, nunca fazer comércio, nunca usar dinheiro – essas não estavam entre as primeiras resoluções aprovadas naquela primeira Reunião triunfante depois que Jones tinha sido expulso? Todos os animais se lembravam de tais resoluções: ou, pelo menos, achavam que se lembravam. Os quatro jovens porcos que tinham protestado quando Napoleão aboliu as reuniões levantaram a voz timidamente, mas foram logo silenciados pelos tremendos rosnados dos cães. Então, como de costume, as ovelhas começaram "Quatro pernas, bom; duas pernas, ruim!" e o momentâneo constrangimento foi amenizado. Por fim, Napoleão levantou a pata pedindo silêncio e anunciou que já tinha feito todos os arranjos.

Não haveria necessidade de nenhum animal ter contato com seres humanos, o que seria claramente indesejável. Ele pretendida carregar todo o fardo em seus próprios ombros. Um tal Sr. Whymper, um advogado que vivia em Willingdon, tinha concordado em atuar como intermediário entre a Fazenda dos Animais e o mundo exterior e visitaria a fazenda toda segunda-feira pela manhã para receber suas instruções. Napoleão terminou seu discurso com o costumeiro grito de "Vida longa à Fazenda dos Animais!" e, depois de cantarem "Bichos da Inglaterra", os animais foram dispensados.

Logo depois, Garganta fez uma ronda pela fazenda e tranquilizou os animais. Ele garantiu que a resolução contra o comércio e o uso de dinheiro nunca havia sido aprovada, ou mesmo sugerida. Era pura imaginação, provavelmente originada pelas mentiras contadas por Bola de Neve. Alguns animais ainda ficaram em dúvida, mas Garganta perguntou com firmeza:

– Têm certeza de que isso não foi um sonho, camaradas? Vocês têm algum registro de tal resolução? Está escrito em algum lugar?

E, como era certo de que nada disso existia por escrito, os animais ficaram convencidos de que haviam se enganado.

Toda segunda-feira o Sr. Whymper visitava a fazenda como combinado. Era um homem pequeno, de aparência astuta e costeletas, um advogado, dono de um negócio bem pequeno, mas esperto o suficiente para perceber, antes de qualquer um, que a Fazenda dos Animais precisaria de um intermediário e que as comissões valeriam a pena. Os animais, com certo pavor, o viam indo e vindo e o evitavam o máximo possível. No entanto, a visão de Napoleão, de quatro, dando ordens a Whymper, que se mantinha em duas pernas, despertava orgulho e, em parte, os reconciliava com a nova situação. As relações deles com a raça humana agora não eram as mesmas de antes. Os seres humanos não detestavam menos a Fazenda dos Animais agora, que era próspera; na verdade, eles a odiavam ainda mais. Cada ser humano tinha como questão de fé a ideia de que a fazenda iria à falência mais cedo ou mais tarde e, acima de tudo, que o moinho de vento seria um fracasso. Eles se encontravam em tavernas e provavam uns aos outros por meio de diagramas que o moinho estava fadado a desmoronar ou, caso se mantivesse de pé, jamais funcionaria. Ainda assim, contra sua vontade, tinham desenvolvido certo respeito pela eficiência com que os animais administravam seus próprios assuntos. Um sintoma disso foi o de começarem a chamar a fazenda de Fazenda dos Animais e pararem de fingir que se chamava Fazenda do Solar. Também tinham deixado a defesa de Jones, que desistira da esperança de ter sua fazenda de volta e fora viver em outra parte da região. Exceto por Whymper, ainda não havia qualquer contato entre a Fazenda dos Animais e o mundo exterior, mas circulavam boatos de que Napoleão ora estava prestes a fechar um acordo comercial definitivo com o Sr. Pilkington, de Foxwood, ora com o Sr. Frederick, de Pinchfield – mas nunca, como fora observado, com os dois simultaneamente.

Foi nessa época que os porcos, de repente, se mudaram para a casa da fazenda e fizeram dela sua residência. Mais uma vez, os animais pareciam se lembrar de que uma resolução contra isso tinha sido aprovada nos primeiros dias e, mais uma vez, Garganta foi capaz de convencê-los de que não era o caso. Era absolutamente necessário, disse, que os porcos, que eram o cérebro da fazenda, tivessem um lugar tranquilo para trabalhar, e também mais adequado à dignidade do Líder (pois ultimamente ele passara a falar de Napoleão sob o título de "Líder") viver numa casa do que em um mero chiqueiro. No entanto, alguns animais ficaram perturbados ao saberem que os porcos não apenas faziam suas refeições na cozinha e usavam a sala de estar como lugar de recreação, mas que também dormiam nas camas. Sansão encarou aquilo como de costume com "Napoleão está sempre certo!", mas Quitéria, que achava estar se lembrando de uma regra definitiva contra camas, foi para os fundos do celeiro e tentou decifrar os Sete Mandamentos que lá estavam escritos. Percebendo que não era capaz de ler mais do que algumas letras isoladas, foi procurar Maricota.

– Maricota – disse –, leia o Quarto Mandamento para mim. Não diz alguma coisa sobre nunca dormir em uma cama?

Com alguma dificuldade, Maricota leu.

– Diz: "Nenhum animal deve dormir numa cama com lençóis" – disse por fim.

Curiosamente, Quitéria não se lembrava que o Quarto Mandamento falava de lençóis; mas como estava ali na parede, devia ser. E Garganta, que por acaso estava passando naquele momento acompanhado de dois ou três cães, foi capaz de colocar a questão na devida perspectiva.

– Então vocês souberam, camaradas – ele disse –, que nós, porcos, agora dormimos nas camas da casa? E por que não? Com certeza vocês não acharam que alguma vez houve uma regra contra camas. Uma cama significa apenas um lugar para dormir. Uma pilha de palha numa baia é uma cama, se pensar bem. A regra é contra os lençóis, que são invenção humana. Retiramos os lençóis das camas da casa e dormimos entre cobertores. E são camas muito confortáveis! Porém, não mais confortáveis do que precisamos, posso afirmar, camaradas, com todo o trabalho intelectual que temos que fazer hoje em dia. Vocês não nos roubariam nosso repouso, não é, camaradas? Vocês não gostariam que estivéssemos cansados demais para cumprir nosso dever. Com certeza, nenhum de vocês deseja ver Jones de volta.

Os animais imediatamente o tranquilizaram sobre essa questão e nada mais foi dito sobre os porcos dormindo nas camas da casa da fazenda. E quando, alguns dias mais tarde, foi anunciado que dali em diante os porcos acordariam uma hora mais tarde do que os outros animais, nenhuma reclamação foi feita sobre isso também.

No outono, os animais estavam cansados, porém felizes. Tinha sido um ano difícil e, após a venda de parte do feno e do milho, nenhum dos estoques de comida para o inverno estava cheio, mas o moinho de vento compensava tudo. A construção estava quase na metade. Depois da colheita, houve um período de tempo seco e claro, e os animais trabalharam mais arduamente do que nunca, achando que valia a pena ir e vir o dia todo com blocos de pedras se, ao fazer isso, pudessem levantar mais um metro de parede. Sansão até saía às noites e trabalhava por uma ou duas horas sozinho à luz da lua cheia. Nos momentos de folga, os animais andavam em volta do semiacabado moinho, admirando a força e a perpendicularidade de suas paredes e se maravilhando por terem sido capazes de construir algo tão imponente. Apenas o velho

Benjamim se recusava a se entusiasmar com o moinho, embora, como sempre, não dissesse nada além da enigmática observação de que jumentos têm uma vida longa. Novembro chegou com fortes ventos de sudoeste. A construção precisou ser parada porque o clima estava úmido demais para misturar cimento. Por fim, houve uma noite em que o vendaval foi tão violento, que os prédios da fazenda balançaram até as fundações e diversas telhas foram arrancadas do telhado do celeiro. As galinhas acordaram piando de terror porque todas sonharam, ao mesmo tempo, que haviam escutado uma arma disparar a distância. De manhã, os animais saíram de suas baias e descobriram que o mastro estava derrubado e que uma árvore nos fundos do pomar fora arrancada do chão como um rabanete. Tinham acabado de perceber isso quando um grito de desespero saiu da boca de cada um dos animais. Uma visão terrível diante de seus olhos. O moinho de vento estava em ruínas.

De comum acordo, todos correram para o local. Napoleão, que quase nunca alterava seu passo, correu na frente. Sim, lá estava o fruto de todas as suas lutas rebaixado ao nível dos alicerces, as pedras que tinham quebrado e carregado tão arduamente, espalhadas por todos os lados. Incapazes de falar a princípio, ficaram desolados encarando a pilha de pedras caídas. Napoleão andava de um lado para o outro em silêncio, às vezes farejando o chão. Seu rabicho ficava rígido e se contraía fortemente de um lado para o outro, o que, nele, era um sinal de intensa atividade mental. De repente, parou como se tivesse chegado à uma conclusão.

– Camaradas – disse baixinho –, sabem quem é responsável por isso? Conhecem o inimigo que veio durante a noite para derrubar nosso moinho? BOLA DE NEVE! – ele rugiu subitamente com voz de trovão. – Ele fez isso! Por pura maldade, pensando em atrasar nossos planos e se vingar de sua vergonhosa expulsão, esse traidor se esgueirou até aqui na calada da noite e destruiu nosso trabalho de quase um ano. Camaradas, aqui e agora, declaro a sentença de morte para Bola de Neve. Herói Animal: Segunda Classe e meio cesto de maçãs para qualquer animal que o leve à justiça. Um cesto inteiro para quem o capturar vivo!

Os animais ficaram mais do que chocados ao saber que Bola de Neve pudesse ser, ele mesmo, culpado de tal coisa. Houve um grito de indignação e todos começaram a pensar em maneiras de capturá-lo, caso ele voltasse. Quase imediatamente, as pegadas de um porco foram descobertas na grama a uma pequena distância do cume. Corriam apenas por alguns metros, mas pareciam levar a um buraco na cerca. Napoleão as cheirou profundamente e declarou que eram de Bola de Neve. Em sua opinião, ele viera da direção da fazenda Foxwood.

– Sem tempo a perder, camaradas! – gritou Napoleão quando as pegadas foram examinadas. – Há trabalho a fazer. Esta manhã mesmo começamos a reconstruir o moinho e construiremos durante todo o inverno, faça chuva ou faça sol. Ensinaremos a esse traidor miserável que ele não pode desfazer nosso trabalho tão facilmente. Lembrem-se, camaradas, não pode haver alteração em nossos planos: eles devem ser cumpridos à risca. Avante, camaradas! Vida longa ao moinho de vento! Vida longa à Fazenda dos Animais!

CAPÍTULO 7

FOI UM INVERNO RIGOROSO. O TEMPO DAS TEMPESTAdes foi seguido por granizo e neve, e depois por uma geada intensa que não derreteu até o final de fevereiro. Os animais prosseguiram a reconstrução do moinho da melhor forma que podiam, sabendo muito bem que o mundo exterior os estava observando e que os invejosos seres humanos se sentiriam alegres e vitoriosos se o moinho de vento não ficasse pronto no prazo.

Por despeito, os seres humanos fingiam não acreditar que fora Bola de Neve quem tinha destruído o moinho de vento: diziam que caíra porque as paredes eram muito finas. Os animais sabiam que esse não era o caso. Ainda assim, foi decidido que, dessa vez, construiriam as paredes com noventa centímetros de largura em vez dos quarenta e cinco centímetros, como antes, o que significava coletar maiores quantidades de pedra. Durante muito tempo, a pedreira ficou coberta de neve e nada pôde ser feito. Algum progresso aconteceu no clima frio e seco que se seguiu, mas era um trabalho cruel, e os animais não estavam tão esperançosos como antes. Estavam sempre com frio e, normalmente, também famintos. Apenas Sansão e Quitéria não desanimaram. Garganta fazia excelentes discursos sobre a alegria do serviço e a dignidade do trabalho, mas os outros animais encontravam mais inspiração na força de Sansão e em seu lema constante: "Vou trabalhar mais!". Em janeiro a comida começou a faltar. A ração de milho foi drasticamente reduzida e foi anunciado que uma ração extra de batatas seria distribuída para compensar. Então, descobriu-se que a maior parte da batata colhida havia congelado, pois a cobertura não tinha sido grossa o suficiente. As batatas ficaram moles e descoloridas e apenas algumas estavam comestíveis. Durante dias, os animais não tinham nada para comer além de palha e beterrabas. A fome parecia encará-los de frente.

Era imprescindível esconder esse fato do mundo exterior. Encorajados pelo colapso do moinho de vento, os seres humanos estavam inventando novas mentiras sobre a Fazenda dos Animais. Novamente dizia-se que todos os animais estavam morrendo de fome e de doenças, que sempre brigavam entre si e que recorriam ao canibalismo e ao infanticídio. Napoleão estava bem ciente dos maus resultados que poderiam ocorrer caso a realidade da falta de comida fosse conhecida e decidiu usar o Sr. Whymper para espalhar uma impressão oposta. Até então, os animais tinham pouco ou nenhum contato com Whymper em suas visitas semanais: agora, no entanto, alguns animais escolhidos, principalmente as ovelhas, tinham sido instruídos a comentar casualmente, para que ele pudesse ouvir, que as porções de ração tinham aumentado. Além disso, Napoleão mandou que quase todos os baldes vazios do depósito fossem enchidos com areia até quase o limite e cobertos com o que sobrara de grãos e cereais. Usando algum pretexto plausível, Whymper foi levado até o depósito e pôde dar uma olhada nos baldes. Ele foi enganado e continuou a relatar ao mundo exterior que não havia falta de alimento na Fazenda dos Animais.

No entanto, no final de janeiro, ficou evidente que seria necessário conseguir mais grãos em algum lugar. Nessa época, Napoleão raramente aparecia em público, mas passava todo o tempo na casa da fazenda, que era vigiada em cada uma das portas por cães de aparência feroz. Quando aparecia, era de forma cerimonial, com uma escolta de seis cães que o cercavam de perto e rosnavam caso alguém se aproximasse demais. Não aparecia sequer nas manhãs de domingo, mas dava suas ordens por um dos porcos, geralmente Garganta.

Numa manhã de domingo, Garganta anunciou que as galinhas, que tinham acabado de voltar a botar, deveriam entregar seus ovos. Napoleão tinha aceitado, por meio de Whymper, um contrato de quatrocentos ovos por semana. O preço desse acordo pagaria por grãos e cereais suficientes para manter a fazenda funcionando até chegar o verão e as condições melhorarem.

Quando as galinhas ouviram isso, deram um terrível grito. Elas tinham sido avisadas de que esse sacrifício talvez fosse necessário, mas não acreditavam que aquilo realmente aconteceria. Estavam começando a ajustar seus ninhos para chocar na primavera e protestaram que levar os ovos agora era assassinato. Pela primeira vez, desde a expulsão de Jones, houve algo parecido com uma rebelião. Lideradas por três jovens frangas Minorca, as galinhas se determinaram a fazer um esforço para frustrar os desejos de Napoleão. Seu método era voar até as vigas e, dali, pôr seus ovos, que se despedaçavam no chão. Napoleão agiu rápida e implacavelmente. Mandou cortar a ração das galinhas e decretou que qualquer animal que desse sequer um grão de milho a uma galinha deveria ser punido com a morte. Os cães cuidaram para que essas ordens fossem cumpridas. Durante cinco dias as galinhas resistiram, então capitularam e voltaram aos seus ninhos. Nove galinhas morreram nesse período. Seus corpos foram enterrados no pomar e foi divulgado que tinham morrido de coccidiose. Whymper não ouviu nada sobre esse caso, e os ovos foram devidamente despachados; uma caminhonete da mercearia ia buscá-los na fazenda uma vez por semana.

Durante todo esse tempo, nada foi sabido de Bola de Neve. Havia boatos de que estava se escondendo em uma das fazendas vizinhas, em Foxwood ou Pinchfield. Nessa época, Napoleão mantinha relações ligeiramente melhores do que antes com os outros fazendeiros. Acontece que no pátio havia uma pilha de madeira que tinha sido colocada ali dez anos antes, quando um pequeno bosque fora desmatado. Estava bem seca e Whymper aconselhara Napoleão a vendê-la; tanto o Sr. Pilkington quanto o Sr. Frederick estavam ansiosos para comprá--la. Napoleão hesitava entre os dois, incapaz de decidir. Percebeu-se que sempre que ele parecia estar chegando a um acordo com Frederick, surgia o boato de que Bola de Neve estava escondido em Foxwood e, quando ele se inclinava na direção de Pilkington, o boato era que estava em Pinchfield.

De repente, no início da primavera, algo alarmante foi descoberto. Bola de Neve estava secretamente frequentando a fazenda durante a noite! Os animais estavam tão perturbados, que mal conseguiam dormir em suas baias. Todas as noites, foi dito, ele vinha sorrateiramente sob a cobertura da escuridão e fazia todo tipo de maldades. Roubava milho, virava os baldes de leite, quebrava ovos, pisoteava canteiros, roía a casca das árvores frutíferas. Tornara-se comum, sempre que alguma coisa dava errado, colocar a culpa em Bola de Neve. Se uma janela estava quebrada ou um dreno entupido, alguém dizia que Bola de Neve tinha vindo durante a noite e feito aquilo, e quando a chave do depósito foi perdida, toda a fazenda se convenceu de que ele a tinha jogado no poço. Curiosamente, continuaram a acreditar nisso apesar de a chave ter sido encontrada debaixo de uma saca de grãos. As vacas declaravam unanimemente que Bola de Neve tinha se esgueirado em suas baias e as ordenhado enquanto dormiam. Os ratos, que tinham sido problemáticos durante o inverno, também foram acusados de estar em conluio com Bola de Neve.

Napoleão decretou que deveria haver uma completa investigação sobre essas ações. Com seus cães de prontidão, saiu e fez uma cuidadosa inspeção nos prédios da fazenda; os outros animais seguiam a uma respeitosa distância. Napoleão dava alguns passos, parava e farejava o chão em busca de vestígios de Bola de Neve, que, dizia, conseguia detectar pelo cheiro. Cheirou cada canto no celeiro, no estábulo, nos galinheiros, na horta, e achou vestígios de Bola de Neve em quase todos os lugares. Colocava o focinho no chão, aspirava profundamente algumas vezes, e exclamava numa voz terrível:

– Bola de Neve! Ele esteve aqui! Posso sentir seu cheiro!

E, quando dizia "Bola de Neve", todos os cães soltavam rosnados de gelar o sangue e mostravam os dentes.

Os animais estavam apavorados. Parecia-lhes que Bola de Neve era algum tipo de influência invisível, permeando o ar entre eles e ameaçando com todo tipo de perigo. À noite, Garganta os chamou e, com uma expressão alarmada no rosto, disse que tinha algumas notícias sérias para dar.

– Camaradas! – gritou Garganta, dando pulinhos nervosos. – Foi descoberta uma coisa das mais terríveis. Bola de Neve se vendeu para Frederick, da fazenda Pinchfield, que agora mesmo está planejando nos atacar e tirar nossa fazenda! Bola de Neve deve atuar como seu guia quando o ataque começar. Mas, ainda pior. Pensávamos que provocara a rebelião apenas por sua vaidade e ambição. Mas estávamos errados, camaradas. Sabem qual foi o real motivo? Bola de Neve estava aliado com Jones desde o início! Ele era o agente secreto de Jones o tempo todo. Tudo foi provado por documentos que ele deixou para trás e que só agora descobrimos. Para mim, isso explica muita coisa, camaradas. Não vimos por nós mesmos como ele tentou, felizmente sem sucesso, fazer com que fôssemos derrotados e destruídos na Batalha do Estábulo?

Os animais estavam perplexos. Essa fora uma maldade que superara em muito o fato de Bola de Neve ter destruído o moinho de vento. Mas demorou alguns minutos para que entendessem completamente aquilo. Todos se lembravam, ou achavam que se lembravam, de como tinham visto Bola de Neve avançando à frente de todos na Batalha do Estábulo, de como os tinha reunido e encorajado a cada passo e de como não tinha parado um instante sequer, mesmo quando as balas da arma de Jones feriram suas costas. No início foi um pouco difícil ver como isso se encaixava com a informação de ele estar do lado de Jones. Até Sansão, que raramente fazia perguntas, estava intrigado. Ele se deitou sobre as patas dianteiras, fechou os olhos e, com um grande esforço, conseguiu organizar seus pensamentos.

– Não acredito nisso – disse. – Bola de Neve lutou bravamente na Batalha do Estábulo. Eu mesmo vi. Não demos a ele uma condecoração de Herói Animal: Primeira Classe, logo depois?

– Esse foi nosso erro, camarada. Pois sabemos agora, e está tudo escrito nos documentos secretos que encontramos, que, na verdade, ele estava tentando nos atrair para nossa desgraça.

– Mas ele estava ferido – disse Sansão. – Nós todos o vimos correndo cheio de sangue.

– Isso era parte do acordo! – gritou Garganta. – O tiro de Jones só o arranhou. Eu poderia mostrar isso escrito por ele mesmo, se vocês soubessem ler. O plano era que Bola de Neve, no momento crítico, desse o sinal para fugirmos e deixar o campo para o inimigo. E ele quase conseguiu, eu até mesmo diria, camaradas, que *teria* conseguido se não fosse por nosso heroico Líder, Camarada Napoleão. Não se lembram como, bem na hora em que Jones e seus homens entraram no pátio, Bola de Neve se virou de repente e fugiu, e muitos animais o seguiram? E não se lembram também que foi nesse exato momento, quando o pânico estava se espalhando e tudo parecia perdido, que o Camarada Napoleão saltou para a frente com um grito de Morte à Humanidade e afundou seus dentes na perna de Jones? Com certeza vocês se lembram *disso*, camaradas – exclamou Garganta, pulando de um lado para o outro.

Agora que Garganta tinha descrito a cena com tanto realismo, parecia aos animais que se lembravam dela.

De alguma forma, lembravam que no momento crítico da batalha, Bola de Neve tinha se virado para fugir. Mas Sansão ainda estava inquieto.

– Não acredito que ele fosse um traidor no início – disse por fim. – O que fez depois é diferente. Mas acredito que na Batalha do Estábulo Bola de Neve foi um bom camarada.

– Nosso Líder, Camarada Napoleão – anunciou Garganta, falando bem devagar e com firmeza –, declarou categoricamente, *categoricamente*, camarada, que Bola de Neve era agente de Jones desde o início; sim, e desde muito antes de se pensar na Rebelião.

– Ah, isso é diferente! – disse Sansão. – Se o Camarada Napoleão diz, tem que estar certo.

– Esse é o verdadeiro espírito, camarada! – gritou Garganta, mas percebeu-se como ele lançou um olhar bem feio para Sansão com seus olhinhos cintilantes. Ele se virou para ir embora, porém, parou e acrescentou de forma impressionante: – Alerto cada animal desta fazenda a manter os olhos bem abertos. Pois temos razões para achar que alguns agentes secretos de Bola de Neve estão escondidos entre nós neste momento!

Quatro dias mais tarde, no final da tarde, Napoleão mandou que todos os animais se reunissem no pátio. Quando estavam todos juntos, Napoleão saiu da casa da fazenda usando suas medalhas (pois recentemente havia condecorado a si mesmo com as de Herói Animal: Primeira Classe e Herói Animal: Segunda Classe) e com os nove cães enormes brincando ao seu redor e soltando rosnados que causavam arrepios nas espinhas dos animais. Todos se encolheram, parecendo saber de antemão que alguma coisa terrível estava para acontecer.

Napoleão observou com firmeza a audiência; então soltou um grito estridente. Imediatamente os cães avançaram, pegaram quatro dos porcos pela orelha e os arrastaram, guinchando de dor e terror, até aos pés de Napoleão. As orelhas dos porcos estavam sangrando, os cães tinham sentido o gosto do sangue e, por alguns instantes, pareciam quase enlouquecer. Para a surpresa de todos, três deles se jogaram contra Sansão, que os viu chegando, levantou a grande pata, pegando um cão no ar e o prendendo no chão. O cão uivava pedindo misericórdia, e os outros dois fugiram com os rabos entre as pernas. Sansão olhou para Napoleão para saber se deveria esmagar o cão até a morte ou soltá-lo. Napoleão pareceu mudar de semblante e mandou que Sansão soltasse o cão. Então Sansão levantou a pata e o cão fugiu para longe, machucado e uivando.

Logo o tumulto diminuiu. Os quatro porcos esperaram, tremendo, com a culpa escrita em cada linha de suas testas. Napoleão então mandou que confessassem seus crimes. Eram os mesmos quatro porcos que protestaram quando Napoleão aboliu as reuniões de domingo. Sem esperar uma segunda ordem, eles confessaram que, em segredo, mantinham contato com Bola de Neve desde sua expulsão, que haviam colaborado na destruição do moinho e que tinham feito um acordo com ele para entregar a Fazenda dos Animais ao Sr. Frederick. Acrescentaram que Bola de Neve admitira em particular que tinha sido agente secreto de Jones nos anos passados. Quando terminaram a confissão, os cães arrancaram suas gargantas, e, com uma voz amedrontadora, Napoleão perguntou se algum outro animal tinha algo para confessar.

As três galinhas que haviam liderado a tentativa de rebelião dos ovos foram à frente e declararam que Bola de Neve havia aparecido para elas em sonho e as incitado a desobedecer às ordens de Napoleão. Elas também foram massacradas. Então um ganso se apresentou e confessou ter escondido seis espigas de milho durante a colheita do último ano e as comido à noite. Então uma ovelha confessou ter urinado no lago – instigada a fazer isso, segundo ela, por Bola de Neve – e outras duas ovelhas confessaram ter matado um velho carneiro, um que era especialmente devotado a Napoleão, correndo atrás dele ao redor da fogueira enquanto ele estava tendo uma crise de tosse. Todos foram mortos no local. E assim o rosário de confissões e execuções prosseguiu, até que uma pilha de cadáveres se amontoou aos pés de Napoleão e o ar ficou pesado com o cheiro de sangue, o que era desconhecido ali desde a expulsão de Jones.

Quando tudo acabou, os animais restantes, com exceção dos porcos e dos cães, se arrastaram juntos para longe. Estavam trêmulos e tristes. Não sabiam o que era mais chocante: a traição dos animais que haviam se unido a Bola de Neve ou a vingança cruel que tinham acabado de testemunhar. Antes, frequentemente, havia cenas de derramamento de sangue muito terríveis, mas parecia a todos que, agora, que estava acontecendo entre eles, era muito pior. Desde que Jones saíra da fazenda até aquele dia, nenhum animal tinha matado outro animal. Nem mesmo um rato havia sido morto. Seguiram para a pequena colina onde ficava o semiacabado moinho e, juntos, se deitaram como se estivessem se aninhando para se confortar – Quitéria, Maricota, Benjamim, as vacas, as ovelhas e todo o rebanho de gansos e galinhas – todos, na verdade, exceto a gata, que repentinamente tinha desaparecido pouco antes de Napoleão mandar que os animais se reunissem. Durante algum tempo ninguém falou. Apenas Sansão permanecia de pé. Se mexia de um lado para o outro, balançando sua longa cauda preta para os lados e, de vez em quando, soltando pequenos relinchos de surpresa. Por fim, falou:

– Não entendo. Não acredito que uma coisa dessas possa acontecer na nossa fazenda. Deve ser por alguma falha nossa. A solução, como eu vejo, é trabalhar mais. De agora em diante, vou acordar uma hora mais cedo.

E saiu trotando em direção à pedreira. Chegando lá, coletou duas cargas sucessivas de pedras e as arrastou até o moinho antes de se recolher para dormir.

Os animais se aconchegaram em volta de Quitéria, sem falar. A colina onde estavam lhes dava uma ampla perspectiva da região. A maior parte da Fazenda dos Animais estava à vista: o grande pasto se espalhando até a estrada principal, o campo de feno, o bosque, o lago, os campos arados onde o trigo jovem era espesso e verde, os telhados vermelhos dos prédios da fazenda onde fumaça saía das chaminés. Era uma noite clara de primavera. A grama e as cercas vivas brotando estavam douradas pelos raios rasteiros do Sol. A fazenda jamais – e com certa surpresa se lembravam de que tudo era sua fazenda, cada centímetro ali era propriedade deles – parecera aos animais um lugar tão desejável. Enquanto Quitéria olhava colina abaixo, seus olhos se encheram de lágrimas. Se pudesse expressar seus pensamentos, seria para dizer que não era isso o que pretendiam quando, anos atrás, se puseram a trabalhar para derrubar a raça humana. Aquelas cenas de terror e matança: não era o que esperavam naquela noite, quando o velho Major os instigou pela primeira vez à rebelião. Se ela própria vislumbrou alguma imagem do futuro, era a de uma sociedade de animais livres da fome e do chicote, todos iguais, cada um trabalhando conforme sua capacidade, os mais fortes protegendo os fracos, como ela tinha protegido o bando de patinhos perdidos com sua pata na noite do discurso de Major. Em vez disso, não sabia por que, tinham chegado a um ponto em que ninguém ousava dizer o que pensava, que cães ferozes e rosnadores vagavam por todos os lados e que tinham de ver seus camaradas serem despedaçados após confessarem crimes chocantes. Não havia pensamentos de rebelião ou desobediência em sua cabeça. Sabia que, mesmo como as coisas estavam agora, eram muito melhores do que nos tempos de Jones e que acima de tudo estava a necessidade de evitar o retorno dos seres humanos. Independentemente do que acontecesse, continuaria fiel, trabalhadora, obediente às ordens que lhe eram dadas e aceitando a liderança de Napoleão. Porém, ainda assim, não era aquilo que ela e os outros animais esperavam e pelo que trabalhavam. Não era por aquilo que tinham construído o moinho de vento e encarado as balas da arma de Jones. Esses eram seus pensamentos, embora lhe faltassem palavras para expressá-los.

Por fim, sentindo que, de alguma maneira, precisava de um substituto para as palavras que não conseguia encontrar, ela começou a cantar "Bichos da Inglaterra". Os outros animais sentados ao seu redor acompanharam e cantaram três vezes seguidas: com muita melodia, mas lenta e tristemente, de uma forma como jamais haviam cantado antes.

Tinham acabado de cantar pela terceira vez quando Garganta, acompanhado de dois cães, se aproximou com ar de quem tem algo importante a dizer. Anunciou que, por decreto especial do Camarada Napoleão, "Bichos da Inglaterra" tinha sido abolida. De agora em diante era proibido cantá-la.

Os animais foram pegos de surpresa.

– Por quê? – gritou Maricota.

– Não é mais necessária, camarada – respondeu Garganta, rígido. – "Bichos da Inglaterra" foi a canção da Rebelião. Mas a Rebelião agora está completa. A execução dos traidores nesta tarde foi o ato final. Os inimigos, tanto externos quanto internos, foram derrotados. Em "Bichos da Inglaterra" expressamos nosso desejo por uma sociedade melhor no futuro. Mas essa sociedade agora está estabelecida. E, com certeza, essa canção não tem mais nenhum propósito.

Por mais assustados que estivessem, alguns animais teriam protestado, mas, nesse momento, as ovelhas começaram seu costumeiro balido de "Quatro pernas, bom; duas pernas, ruim", que se seguiu por diversos minutos e pôs um fim à discussão.

Então "Bichos da Inglaterra" não foi mais ouvida. Em seu lugar, Mínimus, o poeta, compôs outra canção que começava:

Fazenda dos Animais, Fazenda dos Animais,
Você nunca sofrerá por minha causa!

E isso era cantado todas as manhãs de domingo após o hasteamento da bandeira. Porém, de alguma maneira, para os animais, nem a letra nem a melodia pareciam chegar aos pés de "Bichos da Inglaterra".

CAPÍTULO 8

POUCOS DIAS DEPOIS, QUANDO O TERROR CAUSADO pelas execuções havia diminuído, alguns animais lembraram – ou pensavam que se lembravam – que o Sexto Mandamento decretava que "Nenhum animal deve matar qualquer outro animal". E, embora ninguém ousasse mencioná-lo aos ouvidos dos porcos ou dos cães, sentia-se que as matanças ocorridas não combinavam com isso. Quitéria pediu a Benjamim para ler o Sexto Mandamento e, quando Benjamim, como de costume, disse que se recusava a se meter nessas questões, ela pediu a Maricota. Maricota leu o Mandamento. Dizia: "Nenhum animal deve matar qualquer outro animal *sem motivo*". De um jeito ou de outro, as duas últimas palavras tinham escapado à memória dos animais. Mas viram que o Mandamento não tinha sido violado; pois, claramente, havia bons motivos para matar os traidores que se tinham aliado a Bola de Neve.

Ao longo do ano os animais trabalharam ainda mais arduamente do que no ano anterior. Reconstruir o moinho, com paredes com o dobro da espessura de antes, e terminá-lo na data prevista, com o trabalho regular da fazenda, foi uma tremenda labuta. Houve períodos que parecia aos animais que estavam trabalhando mais horas e se alimentando pior do que nos tempos de Jones. Nas manhãs de domingo, Garganta, segurando uma longa tira de papel em sua pata, lia para eles listas de números provando que a produção de cada tipo de alimento havia aumentado em duzentos por cento, trezentos por cento ou quinhentos por cento, conforme o caso. Os animais não viam motivo para desacreditá-lo, em especial porque não conseguiam mais se lembrar com clareza como eram as condições antes da Rebelião. De qualquer forma, houve dias em que sentiam que prefeririam menos números e mais comida.

Todas as ordens agora eram dadas por Garganta ou por algum outro porco. O próprio Napoleão só era visto em público uma vez a cada quinze dias. Quando aparecia, não vinha acompanhado apenas pela sua matilha de cães, mas também por um galo negro que marchava à sua frente e atuava como uma espécie de arauto, soltando um alto "co-co-ri-có" antes de Napoleão falar. Mesmo na casa da fazenda, dizia-se, Napoleão habitava em espaços separados dos outros. Fazia suas refeições sozinho, com dois cães para servi-lo, e sempre usava o aparelho de porcelana que estava na cristaleira da sala. Também foi anunciado que a arma seria disparada todos os anos no aniversário de Napoleão, bem como nas outras duas datas comemorativas.

Napoleão não era mais chamado simplesmente de Napoleão. Sempre se referiam a ele de um jeito formal como "nosso Líder, Camarada Napoleão", e os porcos gostavam de inventar títulos para ele como Pai de Todos os Animais, Terror da Raça Humana, Protetor do

Estábulo, Amigo dos Patinhos, e coisas parecidas. Em seus discursos, Garganta falava, com lágrimas rolando pelas bochechas, sobre a sabedoria de Napoleão, a bondade de seu coração e o profundo amor que tinha por animais de todos os lugares, até mesmo, e em especial, pelos animais infelizes que ainda viviam na ignorância e na escravidão em outras fazendas. Tornara-se comum dar o crédito a Napoleão por cada realização bem-sucedida e cada golpe de sorte. Frequentemente ouvia-se uma galinha dizer a outra: "Sob a orientação de nosso Líder, Camarada Napoleão, pus cinco ovos em seis dias"; ou duas vacas, desfrutando a água do lago, exclamarem: "Graças à liderança do Camarada Napoleão, esta água tem um sabor excelente!". O sentimento geral na fazenda era expresso em um poema intitulado "Camarada Napoleão", composto por Mínimus, que era assim:

Amigo dos órfãos!
Fonte de felicidade!
Senhor do balde de lavagem!
Oh, como minha alma arde
Em fogo quando olho teu
Olhar calmo e soberano,
Como o Sol no céu,
Camarada Napoleão!

És o doador de tudo
O que tuas criaturas amam,
Barriga cheia duas vezes ao dia, palha limpa para rolar;
Cada bicho grande ou pequeno
Dorme em paz em sua baia,

Cuidas de tudo,
Camarada Napoleão!
Se eu tivesse um leitão,
Antes que crescesse
Como um garrafão ou barril,
Deveria aprender a ser
Fiel e leal a ti.
Sim, seu primeiro guincho seria
"Camarada Napoleão!".

Napoleão aprovara esse poema e o fez ser escrito na parede do grande celeiro, no lado oposto aos Sete Mandamentos. Acima dele, um retrato de Napoleão de perfil, pintado por Garganta com tinta branca.

Enquanto isso, pela intermediação de Whymper, Napoleão estava envolvido em complicadas negociações com Frederick e Pilkington. A pilha de madeira ainda não fora vendida. Dos dois, Frederick era o mais ansioso para adquiri-la, mas não tinha oferecido um preço razoável. Ao mesmo tempo, havia rumores de que Frederick e seus homens estavam conspirando para atacar a Fazenda dos Animais e destruir o moinho de vento, construção que levantara nele um ciúme violento. Era sabido que Bola de Neve ainda estava escondido na Fazenda Pinchfield. No meio do verão, os animais ficaram alarmados ao ouvir que três galinhas tinham se apresentado e confessado que, inspiradas por Bola de Neve, haviam tramado assassinar Napoleão. Elas foram executadas imediatamente e novas precauções em prol da segurança de Napoleão foram tomadas. Quatro cães vigiavam sua cama à noite, um em cada canto, e um jovem porco chamado Rosito recebeu a tarefa de provar toda a comida antes que Napoleão comesse, pois poderia estar envenenada.

Mais ou menos nessa época, foi divulgado que Napoleão havia providenciado a venda da pilha de madeira ao Sr. Pilkington; e também estaria entrando num acordo regular para a troca de determinados produtos entre a Fazenda dos Animais e Foxwood. As relações entre Napoleão e Pilkington, embora fossem conduzidas por Whymper, agora eram quase amistosas. Os animais desconfiavam de Pilkington como ser humano, mas preferiam ele a Frederick, a quem temiam e odiavam. Conforme passava o verão e a construção do moinho de vento se aproximava do término, aumentavam os rumores de um ataque traiçoeiro. Frederick, dizia-se, pretendia trazer contra eles vinte homens, todos armados, e que já teria subornado os magistrados e a polícia de modo que, se conseguisse se apossar dos títulos de propriedade da Fazenda dos Animais, não haveria problemas. Além disso, vazavam de Pinchfield histórias terríveis sobre as crueldades que Frederick fazia com seus animais. Teria açoitado um velho cavalo até a morte, fazia suas vacas passarem fome, havia matado um cão jogando-o na fornalha, se divertia a noite fazendo os galos brigarem com pedaços de lâminas de barbear amarados às suas esporas. O sangue dos animais fervia de raiva quando ouviam que essas coisas eram feitas com seus camaradas e, às vezes, clamavam para ter permissão de ir em bando e atacar a Fazenda Pinchfield, expulsar os humanos e libertar os animais. Mas Garganta aconselhava-os a evitar ações precipitadas e a confiar na estratégia do Camarada Napoleão.

Todavia, o sentimento contra Frederick continuava a crescer. Uma manhã de domingo, Napoleão apareceu no celeiro e explicou que nunca, em tempo algum, considerara vender a pilha de madeira para Frederick; considerava abaixo de sua dignidade, disse, lidar com patifes desse quilate. Os pombos, que ainda estavam sendo enviados para espalhar notícias da Rebelião, foram proibidos de pousar em qualquer lugar de Foxwood e também receberam a ordem de, no lugar do antigo lema "Morte à Humanidade", usar "Morte a Frederick". No final do verão, mais uma das maquinações de Bola de Neve foi revelada. A safra de trigo estava cheia de erva daninha, e tinha sido descoberto que, em uma de suas visitas noturnas, ele misturara sementes de erva daninha com as sementes de milho. Uma gansa que estava inteirada da trama havia confessado sua culpa a Garganta e cometido suicídio engolindo bagos mortais de beladona. Os animais agora também sabiam que Bola de Neve jamais havia recebido – embora muitos deles tivessem acreditado – a ordem de Herói Animal: Primeira Classe. Isso era apenas uma lenda espalhada pelo próprio Bola de Neve, logo após a Batalha do Estábulo. Ao contrário de ter sido condecorado, tinha sido censurado por demonstrar covardia na batalha. Mais uma vez alguns animais ouviram isso com certo espanto, mas Garganta logo foi capaz de convencê-los de que suas memórias estavam falhando.

No outono, por um esforço tremendo e exaustivo – pois a colheita devia ser feita quase ao mesmo tempo –, o moinho de vento ficou pronto. O maquinário ainda precisava ser instalado e Whymper estava negociando sua compra, mas a estrutura estava completa. Diante de todas as dificuldades – a inexperiência, os implementos primitivos, a má sorte e a traição de Bola de Neve –, o trabalho foi concluído pontualmente no dia previsto! Cansados, porém orgulhosos, os animais andavam ao redor de sua obra-prima, que, aos seus olhos, parecia ainda mais bela do que quando fora construída pela primeira vez. Além disso, as paredes eram duas vezes mais espessas. Para derrubá-lo desta vez, só com explosivos! E, quando pensavam no quanto tinham trabalhado, nos desânimos que haviam superado e na enorme diferença que faria em suas vidas assim que as pás e os dínamos funcionassem, quando pensavam nisso tudo, o cansaço ia embora e davam cambalhotas e gritos de triunfo ao redor do moinho. O próprio Napoleão, cercado por seus cães e seu galo, veio inspecionar o trabalho terminado; ele, pessoalmente, cumprimentou os animais pela conquista e anunciou que o moinho de vento receberia o nome de Moinho Napoleão.

Dois dias depois os animais foram chamados para uma reunião especial no celeiro. Ficaram mudos de surpresa quando Napoleão anunciou que tinha vendido a pilha de madeira para Frederick. No dia seguinte, as carroças de Frederick chegariam e começariam a levar a madeira. Durante todo o tempo de sua aparente amizade com Pilkington, Napoleão estava negociando secretamente com Frederick.

Todas as relações com Foxwood foram cortadas; mensagens de insulto foram enviadas a Pilkington. Os pombos receberam ordens de evitar a Fazenda Pinchfield e de trocar seu lema de "Morte a Frederick" por "Morte a Pilkington". Ao mesmo tempo, Napoleão garantia aos animais que as histórias de um iminente ataque à Fazenda dos Animais eram falsas e que as lendas sobre a crueldade de Frederick com seus próprios animais tinham sido aumentadas. Todos esses boatos teriam se originado de Bola de Neve e seus agentes. Parecia então que Bola de Neve, afinal, não estava escondido na Fazenda Pinchfield e que, na verdade, nunca estivera lá: estava vivendo em considerável luxo, como diziam, em Foxwood e, na realidade, há anos era pago por Pilkington.

Os porcos estavam em êxtase com a astúcia de Napoleão. Com sua aparente amizade com Pilkington, forçara Frederick a aumentar sua oferta em doze libras. Mas a qualidade superior da mente de Napoleão, disse Garganta, era demonstrada no fato de não confiar em ninguém, nem mesmo em Frederick. Este queria pagar pela madeira com uma coisa que chamavam de cheque, que, pelo que parecia, era um pedaço de papel com uma promessa de pagamento escrita nele. Mas Napoleão era esperto demais. Exigiu o pagamento em notas de dinheiro de cinco libras, que deveriam ser entregues antes de a madeira ser levada. Frederick já havia feito o pagamento; e a soma era exatamente o suficiente para comprar o maquinário para o moinho de vento.

Enquanto isso, a madeira estava sendo transportada em alta velocidade. Quando tudo havia sido retirado, outra reunião especial foi feita no celeiro para que os animais inspecionassem as notas de Frederick. Com um sorriso calmo e alegre, e usando suas condecorações, Napoleão descansava numa cama de palha na plataforma, com o dinheiro ao seu lado cuidadosamente empilhado em um prato de porcelana da cozinha da casa da fazenda. Os animais passavam lentamente em fila e olhavam sua plenitude. E Sansão esticou o nariz para cheirar as notas e as delicadas coisinhas brancas farfalharam com sua respiração.

Três dias mais tarde houve um tumulto terrível. Whymper, com a face pálida como a morte, veio correndo pelo caminho em sua bicicleta, jogou-a para o lado no pátio e correu direto para a casa da fazenda. No instante seguinte, um rugido sufocante de raiva ecoou dos aposentos de Napoleão. A notícia do que acontecera se espalhou pela fazenda como fogo selvagem. As notas eram falsas! Frederick havia levado a madeira de graça! Napoleão imediatamente juntou os animais e, com uma voz terrível, declarou sentença de morte a Frederick. Quando capturado, disse, Frederick deveria ser fervido vivo. Ao mesmo tempo advertiu que depois desse ato traiçoeiro, deveria se esperar o pior. Frederick e seus homens poderiam realizar a qualquer momento o ataque há tanto tempo esperado. Sentinelas foram colocadas em todos os acessos à fazenda. Além disso, quatro pombos foram enviados a Foxwood com uma mensagem conciliatória, que, esperava-se, pudesse reestabelecer boas relações com Pilkington.

Na manhã seguinte, veio o ataque. Os animais estavam tomando café da manhã quando vigias chegaram correndo com a notícia de que Frederick e seus seguidores já tinham passado pela porteira de cinco barras. Corajosamente, os animais saíram para enfrentá-los, mas, dessa vez, não tiveram uma vitória fácil como acontecera na Batalha do Estábulo. Eram quinze homens com meia dúzia de armas, e abriram fogo quando chegaram a uma distância de uns quinze metros. Os animais não conseguiam enfrentar as terríveis explosões e as balas e, apesar dos esforços de Napoleão e Sansão para reagrupá-los, logo bateram em retirada. Muitos já estavam feridos. Se refugiaram nos prédios da fazenda e espiavam com cautela pelas frestas e pelos buracos. Todo o grande pasto, incluindo o moinho de vento, estava nas mãos do inimigo. Naquele momento, até Napoleão parecia estar perdido. Andava de um lado para o outro sem dizer uma palavra, com o rabicho rígido e contorcido. Olhares pensativos eram lançados em direção à Foxwood. Se Pilkington e seus homens os ajudassem, ainda poderiam ganhar o dia. Mas, nesse instante, quatro pombos que haviam sido enviados no dia anterior, voltaram, um deles trazia um pedaço de papel mandado por Pilkington. Nele estavam escritas as seguintes palavras: "Bem-feito para você". Enquanto isso, Frederick e seus homens pararam perto do moinho. Os animais os observavam e um murmúrio de desânimo se espalhou. Dois dos homens estavam com um pé de cabra e uma marreta. Eles iam derrubar o moinho de vento.

– Impossível! – gritou Napoleão. – Construímos as paredes espessas demais para isso. Não poderiam derrubá-lo nem em uma semana. Coragem, camaradas!

Mas Benjamim estava observando atentamente os movimentos dos homens. Os dois com a marreta e o pé de cabra estavam abrindo um buraco perto da base do moinho. Lentamente, e com um ar quase de satisfação, Benjamim balançou seu focinho.

– Foi o que pensei – disse. – Vocês conseguem ver o que eles estão fazendo? Daqui a pouco vão encher aquele buraco de explosivos.

Aterrorizados, os animais esperavam. Agora era impossível se aventurar fora do abrigo dos prédios. Depois de alguns minutos, os homens foram vistos correndo em todas as direções. Então houve um estrondo ensurdecedor. Os pombos giraram no ar e todos os animais, exceto Napoleão, se jogaram no chão de barriga para baixo e esconderam o focinho. Quando se levantaram, uma enorme nuvem de fumaça negra pairava onde o moinho estivera. Lentamente, a brisa a dissipou. O moinho de vento não existia mais! Diante dessa visão, a coragem dos animais retornou. O medo e o desespero que tinham sentido antes foram sugados pela raiva contra aquele ato vil e desprezível. Um poderoso grito por vingança aflorou e, sem esperar por novas ordens, avançaram em conjunto, direto contra o inimigo. Dessa vez, não prestavam atenção às cruéis balas que os atingiam como granizos. Foi uma batalha selvagem e amarga. Os homens continuaram atirando e, quando os animais chegavam muito perto, os atingiam com suas varas e pesadas botas. Uma vaca, três ovelhas e dois gansos foram mortos e quase todos estavam feridos. Até Napoleão, que comandava as operações da retaguarda, teve a ponta de seu rabicho lascada por uma bala. Mas os homens também não saíram ilesos. Três deles tiveram as cabeças quebradas por golpes dos cascos de Sansão; outro foi ferido na barriga pelo chifre de uma vaca; outro teve suas calças quase destroçadas por Lulu e Ferrabrás. E quando os nove cães da guarda pessoal de Napoleão, que ele tinha instruído a darem a volta sob a cobertura da cerca viva, apareceram de súbito no flanco, rosnando ferozmente, o pânico tomou conta dos homens. Perceberam que corriam o perigo de serem cercados. Frederick gritou para seus homens saírem enquanto as coisas estavam bem e, no instante seguinte, o inimigo estava correndo covardemente para salvar sua querida vida. Os animais os perseguiram até o final do campo e deram alguns últimos coices enquanto eles abriam caminho através da cerca de espinhos.

Tinham vencido, mas estavam fracos e sangrando. Lentamente começaram a voltar para a fazenda. A visão de seus camaradas mortos, estirados na grama, levou alguns às lágrimas. E, por um instante, pararam em um silêncio doloroso no lugar onde ficava o moinho de vento. Sim, ele se fora; se fora quase até o último vestígio do trabalho deles! Até as fundações tinham sido parcialmente destruídas. E, para reconstruí-lo, desta vez não poderiam, como antes, usar as pedras caídas. Desta vez, as pedras também haviam desaparecido. A força da explosão as tinha lançado a centenas de metros de distância. Era como se o moinho nunca tivesse existido.

Conforme se aproximavam da fazenda, Garganta, que sem explicação estivera ausente durante a luta, veio na direção deles saltitando, balançado o rabicho e radiante de satisfação. E os animais escutaram, vindo da direção dos prédios da fazenda, o disparo solene de uma arma.

– Por que essa arma está disparando? – perguntou Sansão.

– Para celebrar nossa vitória! – gritou Garganta.

– Que vitória? – insistiu Sansão. Seus joelhos estavam sangrando, tinha perdido uma ferradura e rachado o casco e uma dúzia de balas haviam se alojado em sua perna traseira.

– Que vitória, camarada? Não expulsamos o inimigo de nosso solo? Do solo sagrado da Fazenda dos Animais?

– Mas eles destruíram o moinho. E trabalhamos nele durante dois anos!

– O que importa? Construiremos outro moinho de vento. Construiremos seis moinhos, se quisermos. Você não vê, camarada, a coisa importante que fizemos? O inimigo estava ocupando este chão em que estamos. E agora, graças à liderança do Camarada Napoleão, retomamos cada centímetro dele!

– Então, retomamos o que tínhamos antes – disse Sansão.

– Essa é nossa vitória – respondeu Garganta.

Mancaram até o pátio. As balas sob a pele da perna de Sansão incomodavam dolorosamente. Ele viu à sua frente o pesado trabalho de reconstrução do moinho desde as fundações e, já em sua mente, se preparou para a tarefa. Porém, pela primeira vez, lhe ocorreu que já tinha onze anos de idade e que, talvez, seus grandes músculos não fossem mais o que eram antes.

Quando os animais viram a bandeira verde tremulando, escutaram a arma disparando novamente – foi disparada sete vezes no total – e ouviram o discurso que Napoleão fez congratulando-os por sua conduta, pareceu a eles, afinal, que tinham obtido uma grande vitória. Aos animais abatidos na batalha foi dado um funeral solene. Sansão e Quitéria puxaram uma carroça que serviu de carro fúnebre e o próprio Napoleão seguiu à frente da procissão. Foram concedidos dois dias inteiros para as comemorações. Houve músicas, discursos e mais tiros da arma, e uma maçã foi dada a cada animal como presente especial, sendo cinquenta gramas de milho para cada ave e três biscoitos para cada cão. Foi anunciado que a batalha seria chamada de Batalha do Moinho e que Napoleão criara uma nova condecoração: a Ordem da Bandeira Verde, que tinha conferido a si próprio. Na alegria geral, a lamentável questão das notas de dinheiro foi esquecida.

Só alguns dias depois disso foi que os porcos encontraram uma caixa de uísque na adega da casa da fazenda. Tinha sido ignorada quando a casa foi ocupada. Naquela noite, da casa veio o som alto de cantoria, ao que, para surpresa de todos, acordes de "Bichos da Inglaterra" foram misturados. Por volta das nove e meia, Napoleão, usando um velho chapéu de feltro do Sr. Jones, foi visto saindo pela porta dos fundos, correndo pelo pátio e de novo desaparecendo dentro da casa. Mas, de manhã, um profundo silêncio pairava sobre a casa. Nenhum porco parecia estar se mexendo. Eram quase nove horas quando Garganta apareceu, andando lenta e desanimadamente, olhar vazio, rabicho caído, e com toda a aparência de estar muito doente. Ele chamou os animais e disse que tinha uma notícia terrível a dar. O Camarada Napoleão estava morrendo!

Um grito de lamento foi ouvido. Palha foi colocada do lado de fora das portas da casa e os animais andavam na ponta dos cascos. Com lágrimas nos olhos, perguntavam uns aos outros o que fariam se seu Líder lhes fosse tirado. Um boato circulou de que Bola de Neve, por fim, tinha conseguido colocar veneno na comida de Napoleão. Às onze horas, Garganta saiu para fazer outro anúncio. Como seu último ato na Terra, o Camarada Napoleão havia pronunciado um decreto solene: o consumo de álcool deveria ser punido com a morte.

À noite, no entanto, Napoleão parecia estar um pouco melhor e, na manhã seguinte, Garganta pôde comunicar que ele estava se recuperando bem. Naquele dia, à noite, Napoleão estava de volta ao trabalho e, no dia seguinte, soube-se que tinha instruído Whymper a comprar em Willingdon alguns livros sobre fermentação e destilaria.

Uma semana mais tarde, Napoleão ordenou que o pequeno cercado atrás do pomar, que antes era destinado como pasto dos animais aposentados, fosse arado. Foi divulgado que o pasto estava exaurido e que precisava ser semeado novamente; mas logo se soube que Napoleão pretendia semeá-lo com cevada.

Mais ou menos nessa época aconteceu um estranho incidente que quase ninguém conseguiu entender. Uma noite, por volta da meia-noite, ouviu-se um estrondo no pátio e os animais saíram correndo de suas baias. Era lua cheia. Aos pés da parede dos fundos do grande celeiro, onde os Sete Mandamentos tinham sido escritos, uma escada estava caída em pedaços. Garganta, momentaneamente atordoado, estava esparramado ao lado dela e, perto de sua pata, havia um lampião, um pincel e uma lata de tinta branca virada. Os cães logo fizeram um círculo ao redor dele e o escoltaram de volta à casa da fazenda, assim que foi capaz de andar. Nenhum dos animais conseguiu ter ideia do que aquilo significava, exceto Benjamim, que balançou o focinho com um ar de quem sabia e parecia entender, mas não disse nada.

Porém, alguns dias depois, Maricota, lendo os Sete Mandamentos, percebeu que havia outro que os animais lembravam de forma errada. Pensavam que o Quinto Mandamento era "Nenhum animal deve beber álcool", mas tinham esquecido duas palavras. Na verdade, o Mandamento era: "Nenhum animal deve beber álcool *em excesso*".

CAPÍTULO 9

O CASCO DE SANSÃO ESTAVA DEMORANDO A CURAR. Haviam começado a reconstrução do moinho do dia seguinte ao fim das comemorações pela vitória. Sansão se recusava a tirar um dia sequer de folga do trabalho e se tornou uma questão de honra que ninguém percebesse que estava sentindo dor. À noite, ele admitia a Quitéria, em particular, que o casco estava incomodando muito. Quitéria o tratava com emplastros que preparava mastigando ervas, e, tanto ela quanto Benjamim, pediam que Sansão trabalhasse menos. "Os pulmões de um cavalo não duram para sempre", ela dizia. Mas Sansão não ouvia. Tinha, dizia ele, apenas uma ambição real: ver o moinho de vento funcionando bem antes de chegar à idade para se aposentar.

No início, quando as leis da Fazenda dos Animais foram formuladas, a idade de aposentadoria fora fixada em doze anos para cavalos e porcos, quatorze para vacas, nove para os cães, sete para as ovelhas e cinco para as galinhas e gansos. Pensões liberais de aposentadoria tinham sido acordadas. Até então, nenhum animal se aposentara, mas ultimamente o assunto vinha sendo discutido cada vez mais. Agora, que o pequeno campo atrás do pomar fora reservado para cevada, havia boatos de que um pedaço do grande pasto deveria ser cercado e transformado em pasto para os animais aposentados. Para um cavalo, fora dito, a pensão seria de dois quilos e meio de milho por dia e, no inverno, sete quilos de feno, com uma cenoura ou, possivelmente, uma maçã, nos feriados. Sansão faria doze anos no final do verão do próximo ano.

Enquanto isso, a vida estava difícil. O inverno estava tão frio quanto o último, e a comida ainda mais escassa. Uma vez mais todas as rações foram reduzidas, exceto as dos porcos e dos cães. Uma igualdade muito rígida nas rações, explicava Garganta, seria contrária aos princípios do Animalismo. De qualquer forma, ele não teve dificuldades em provar aos outros animais que na verdade NÃO havia escassez de alimentos, apesar das aparências. Por enquanto, certamente, fora considerado necessário fazer reajustes de rações (Garganta sempre falava disso como "reajuste", nunca como "redução"), mas, em comparação com os tempos de Jones, a melhoria era enorme. Lendo números numa voz estridente e rápida, ele provou em detalhes que tinham mais aveia, feno e nabos do que na época de Jones, que trabalhavam menos horas, que sua água era de melhor qualidade, que viviam mais, que uma porção maior de suas ninhadas sobreviviam à infância e que tinham mais palha em suas baias e sofriam menos com as pulgas. Os animais acreditavam em cada palavra. Verdade seja dita, Jones, e tudo o que ele representava, quase havia se apagado de suas memórias. Sabiam que a vida agora era dura e árida, que frequentemente tinham fome e frio e que trabalhavam quando não estavam dormindo. Mas, sem dúvida, antigamente era pior. Estavam felizes em acreditar. Além disso, naqueles dias eram escravos e agora eram livres, e isso fazia toda a diferença, conforme Garganta sempre destacava. Agora, havia mais bocas para alimentar. No outono, quatro porcas tinham dado cria quase simultaneamente, gerando, no total, trinta e um porquinhos. Os porquinhos eram malhados e, como Napoleão era o único porco reprodutor da fazenda, era possível adivinhar sua linhagem. Foi anunciado que mais tarde, quando tijolos e madeira fossem comprados, uma sala de aula seria construída no jardim da casa da fazenda. Por enquanto, os leitõezinhos estavam recebendo aulas na cozinha, do próprio Napoleão. Eles faziam exercícios no jardim e eram desencorajados a brincar com outros animais jovens. Nessa época também foi estabelecida a seguinte regra: quando um porco e qualquer outro animal se encontrassem no caminho, o outro animal deveria se afastar. E também que todos os porcos, aos domingos, independentemente do nível de hierarquia, teriam o privilégio de usar fitas verdes no rabicho.

A fazenda tivera um ano bem-sucedido, mas ainda tinha pouco dinheiro. Havia tijolos, areia e cal a serem comprados para a sala de aula e seria necessário economizar mais uma vez para o maquinário do moinho de vento. Além disso, era preciso adquirir óleo para os lampiões e velas para a casa, açúcar para a mesa de Napoleão (ele proibiu isso aos outros porcos com a justificativa de que os deixaria gordos) e fazer todas as reposições normais, como ferramentas, pregos, barbante, carvão, arame, ferro velho e biscoitos, para os cães. Um fardo de feno e parte da safra de batatas foram vendidos, e o contrato dos ovos foi aumentado para seiscentos por semana, então, naquele ano, as galinhas mal tinham chocado pintinhos o suficiente para manter a população do galinheiro no mesmo nível. Rações, reduzidas em dezembro, foram reduzidas novamente em fevereiro, e os lampiões nas baias foram proibidos para economizar óleo. Mas os porcos pareciam bem confortáveis e, na verdade, estavam ganhando peso. Uma tarde, no final de fevereiro, um aroma quente, rico e apetitoso, como os animais nunca tinham sentido antes, pairou no ar do pátio vindo da pequena cervejaria que tinha sido desativada no tempo de Jones e que ficava atrás da cozinha. Alguém disse que era o cheiro de cevada cozinhando. Os animais, famintos, farejaram o ar e se perguntaram se um caldo quente estaria sendo preparado para seu jantar. Mas nenhum caldo quente apareceu e, no domingo seguinte, foi anunciado que dali em diante toda a cevada seria reservada para os porcos. O campo atrás do pomar já tinha sido semeado com cevada. E vazou a notícia de que cada porco estava agora recebendo uma ração diária de meio litro de cerveja, sendo meio galão para o próprio Napoleão, e que sempre lhe era servido na sopeira de porcelana.

Mas, se havia dificuldades a enfrentar, elas eram parcialmente compensadas pelo fato de que a vida hoje em dia tinha mais dignidade do que antes. Havia mais canções, mais discursos, mais procissões. Napoleão decretara que, uma vez por semana, deveria acontecer uma coisa chamada Demonstração Espontânea. O objetivo era celebrar as lutas e os triunfos da Fazenda dos Animais. Na hora determinada, os animais paravam de trabalhar e marchavam ao redor dos limites da fazenda em formação militar com os porcos liderando, depois os cavalos, as vacas, as ovelhas e então as aves. Os cães ladeavam a procissão e, à frente de todos, marchava o galo preto de Napoleão. Sansão e Quitéria sempre levavam entre eles uma faixa verde com a marca do casco e do chifre e a inscrição "Vida Longa ao Camarada Napoleão!". Em seguida havia declamação de poemas compostos em homenagem a Napoleão e um discurso de Garganta, dando detalhes sobre os mais recentes aumentos na produção de alimentos e, em algumas ocasiões, um tiro era dado com a arma. As ovelhas eram as maiores devotas da Demonstração Espontânea. Se alguém reclamasse (pois uns poucos animais às vezes o faziam quando não havia porcos ou cães por perto) que era perda de tempo e que ficavam longos períodos de pé no frio, as ovelhas o silenciavam com um tremendo balido de "Quatro pernas, bom; duas pernas; ruim!". Mas, no geral, os animais gostavam dessas celebrações. Achavam reconfortante serem lembrados de que, afinal, eram realmente seus próprios senhores e que o trabalho que faziam era em seu próprio benefício. E assim, com as canções, as procissões, as listas de números de Garganta, o estrondo da arma, o cantar do galo e o tremular da bandeira, eles eram capazes de esquecer que suas barrigas estavam vazias, pelo menos, em parte do tempo.

Em abril, a Fazenda dos Animais foi proclamada República e se fez necessária a eleição de um presidente. Houve apenas um candidato, Napoleão, que foi eleito por unanimidade. No mesmo dia, foi declarado que novos documentos tinham sido descobertos revelando mais detalhes sobre a cumplicidade de Bola de Neve com Jones. Agora parecia que Bola de Neve não tinha, como os animais imaginavam antes, apenas tentado perder a Batalha do Estábulo por meio de um estratagema, como também lutara abertamente ao lado de Jones.

Na verdade, ele tinha sido o líder das forças humanas e avançado na batalha gritando as palavras "Vida Longa à Humanidade!". As feridas nas costas de Bola de Neve, que alguns poucos animais ainda se lembravam de ter visto, tinham sido causadas pelos dentes de Napoleão. No meio do verão, Moisés, o corvo, de repente reapareceu na fazenda após uma ausência de muitos anos. Praticamente não mudara, ainda não trabalhava e falava da mesma forma de sempre sobre a Montanha Açucarada. Empoleirava-se em um toco, batia suas asas negras e falava por horas para quem quisesse ouvir.

– Lá, camaradas – dizia solenemente apontando para o céu com seu grande bico –, lá, bem depois daquela nuvem negra que vocês podem ver, lá fica a Montanha Açucarada, aquele lugar feliz onde nós, pobres animais, descansaremos para sempre de nossos labores!

Ele, inclusive, afirmava já ter estado lá em um dos seus voos mais altos e ter visto os infindáveis campos de trevos, o bolo de linhaça e os torrões de açúcar crescendo nas cercas vivas. Muitos animais acreditavam nele. Agora, pensavam, a vida era de fome e trabalho; não seria certo e justo que um mundo melhor existisse em algum lugar? Uma coisa que era difícil determinar era a atitude dos porcos em relação a Moisés. Todos declaravam com desprezo que suas histórias sobre a Montanha Açucarada eram mentiras e, ainda assim, permitiam que ele permanecesse na fazenda, sem trabalhar, com uma ração de meio copo de cerveja por dia.

Depois que seu casco sarou, Sansão trabalhou mais do que nunca. Na verdade, todos os animais trabalharam como escravos naquele ano. Além do trabalho regular da fazenda e a reconstrução do moinho de vento, tinha a escola para os porquinhos, que foi começada em março. Algumas vezes, as longas horas de comida insuficiente eram difíceis de aguentar, mas Sansão nunca vacilou. Em nada do que ele dizia ou fazia havia qualquer sinal de que sua força não era mais a mesma. Apenas sua aparência estava um pouco alterada; seu pelo estava um pouco menos brilhante do que costumava a ser e suas grandes ancas pareciam ter encolhido. Os outros diziam:

– Sansão vai se recuperar quando a grama da primavera crescer.

Mas veio a primavera e Sansão não engordou nada. Às vezes, na encosta que levava ao topo da pedreira, quando usava seus músculos contra o peso de alguma pedra grande, parecia que nada o mantinha de pé além de sua vontade de continuar. Em tais momentos, seus lábios pareciam formar as palavras "vou trabalhar mais"; porém, não restava voz. Uma vez mais Quitéria e Benjamim o alertaram para cuidar da saúde, mas Sansão não prestou atenção. Seu décimo segundo aniversário estava se aproximando. Ele não ligava para o que acontecesse, desde que um bom estoque de pedras fosse acumulado antes que se aposentasse.

Tarde da noite no verão, de repente, correu um rumor pela fazenda de que algo tinha acontecido com Sansão. Ele fora sozinho transportar um carregamento de pedras para o moinho. E, com certeza, o rumor era verdadeiro. Alguns minutos mais tarde, dois pombos vieram correndo com a notícia:

– Sansão caiu! Está deitado de lado e não consegue se levantar!

Cerca de metade dos animais da fazenda correram até a colina onde ficava o moinho. Lá estava Sansão, entre as hastes da carroça, pescoço esticado, incapaz de levantar a cabeça. Seus olhos estavam vidrados, suas laterais empapadas de suor. Um pequeno fio de sangue escorria de sua boca. Quitéria caiu de joelhos ao seu lado.

– Sansão! – ela gritou. – Como você está?

– É meu pulmão – Sansão respondeu com a voz fraca. – Não importa. Acho que vocês poderão terminar o moinho sem mim. Tem um bom estoque de pedras acumulado. De qualquer forma, eu tinha apenas um mês pela frente. Para dizer a verdade, estava ansioso pela aposentadoria. E talvez, como Benjamim também está envelhecendo, eles o deixem se aposentar ao mesmo tempo e ser uma companhia para mim.

– Precisamos de ajuda agora – disse Quitéria. – Alguém corra e conte a Garganta o que aconteceu.

Todos os outros animais correram de volta para a casa da fazenda para dar a notícia a Garganta. Restaram apenas Quitéria e Benjamim, que, deitado ao lado de Sansão e sem dizer uma palavra, mantinha as moscas longe com seu grande rabo. Cerca de quinze minutos depois, Garganta apareceu cheio de simpatia e preocupação. Disse que o Camarada Napoleão ficara sabendo, com a mais profunda aflição, sobre esse infortúnio de um dos trabalhadores mais leais da fazenda, e que já estava tomando providências para mandar Sansão para ser tratado no hospital em Willingdon. Os animais ficaram um pouco inquietos com isso. Com exceção de Mimosa e Bola de Neve, nenhum outro animal jamais tinha saído da fazenda, e não gostavam da ideia de seu camarada doente nas mãos de seres humanos. No entanto, Garganta os convenceu facilmente de que o veterinário de Willingdon trataria o caso de Sansão melhor do que o que poderia ser feito na fazenda. E, cerca de meia hora mais tarde, depois de se recuperar um pouco, foi com dificuldade que Sansão conseguiu ficar de pé e voltar mancando para sua baia, onde Quitéria e Benjamim tinham preparado uma boa cama de palha para ele.

Durante os dois dias seguintes, Sansão ficou em sua baia. Os porcos tinham enviado uma grande garrafa de remédio rosa que haviam encontrado no baú de remédios do banheiro, e Quitéria o dava a Sansão duas vezes ao dia, após as refeições. À noite, ela se deitava em sua baia e conversava com ele, enquanto Benjamim mantinha as moscas afastadas. Sansão confessou que não lamentava o que havia acontecido. Se tivesse uma boa recuperação, poderia esperar viver mais três anos e ansiava pelos dias tranquilos que passaria no canto do grande pasto. Seria a primeira vez que teria tempo para estudar e melhorar sua mente. Pretendia, disse, dedicar o resto de sua vida a aprender as outras vinte e duas letras do alfabeto.

Entretanto, Benjamim e Quitéria só podiam ficar com Sansão após as horas de trabalho, e foi no meio do dia que veio uma carroça para levá-lo embora. Todos os animais estavam trabalhando, arrancando ervas daninhas do meio dos nabos sob a supervisão de um porco, quando ficaram assustados ao ver Benjamim vir galopando da direção dos prédios da fazenda, gritando o mais alto que podia. Era a primeira vez que viam Benjamim assim; na verdade, era a primeira vez que qualquer um o via galopando.

– Rápido, rápido! – ele gritava. – Venham logo! Estão levando Sansão! – Sem esperar ordens do porco, os animais largaram o trabalho e voltaram correndo para os prédios da fazenda. Sem dúvida, lá no pátio havia uma grande carroça fechada, puxada por dois cavalos, com letras nas laterais e um homem de olhar astuto, com um chapéu de feltro com a aba abaixada, sentado no lugar do condutor. E a baia de Sansão estava vazia. Os animais se amontoaram ao redor da carroça.

– Adeus, Sansão! – diziam em coro. – Adeus!

– Idiotas! Idiotas! – gritava Benjamim, saltitando ao redor deles e batendo no chão com seus pequenos cascos. – Idiotas! Não veem o que está escrito na lateral da carroça?

Isso fez os animais pararem e ficarem em silêncio. Maricota começou a soletrar as palavras. Mas Benjamim a puxou para o lado e, em meio a um silêncio mortal, leu:

– "Alfred Simmonds, abatedor de cavalos e fabricante de cola, Willingdon. Revendedor de couro e de farinha de ossos. Fornece para canis." Entendem o que isso quer dizer? Estão levando Sansão para o abatedouro!

Um grito de horror irrompeu de todos os animais. Nesse momento, o homem chicoteou seus cavalos e a carroça saiu do pátio em trote rápido. Todos os animais o seguiram, gritando o mais alto que podiam. Quitéria forçou o caminho para a frente. A carroça começou a ganhar velocidade. Quitéria tentou esticar seus membros e conseguiu galopar.

– Sansão! – ela gritava. – Sansão! Sansão! Sansão! – E, bem nesse instante, como se tivesse ouvido o burburinho do lado de fora, o rosto de Sansão, com uma fita branca no nariz, apareceu na pequena janela na traseira da carroça.

– Sansão! – gritou Quitéria numa voz terrível. – Sansão! Saia! Saia rápido! Estão levando você para a morte!

Todos os animais começaram a gritar "Saia, Sansão, saia!". Mas a carroça já estava ganhando velocidade e se afastando deles. Não se sabia se Sansão tinha entendido o que Quitéria dissera. Porém, um momento depois seu rosto desapareceu da janela e houve o som de fortes batidas de cascos dentro da carroça. Ele tentava abrir caminho para a fuga. Houve o tempo em que poucos coices dos cascos de Sansão teriam transformado a carroça em um monte de lenha. Mas, ah!, sua força o tinha deixado; e em poucos instantes o som dos coices começou a diminuir e parou. Em desespero, os animais começaram a apelar aos dois cavalos que puxavam a carroça para pararem.

– Camaradas, camaradas! – gritavam. – Não levem seu próprio irmão para a morte! – Porém, os brutamontes idiotas, ignorantes demais para entender o que estava acontecendo, simplesmente abaixaram as orelhas e apressaram o passo. O rosto de Sansão não reapareceu na janela. Foi tarde demais quando alguém pensou em correr à frente e fechar a porteira de cinco barras; pois logo a carroça estava passando por ela e, assim, desaparecendo pela estrada. Sansão nunca mais foi visto.

Três dias mais tarde foi anunciado que ele morrera no hospital em Willingdon apesar de ter recebido toda a atenção que um cavalo deveria ter. Garganta veio dar a notícia aos outros. Estivera, disse, presente durante as últimas horas de Sansão.

– Foi a visão mais comovente que tive! – disse Garganta, levantando a pata e limpando uma lágrima. – Eu fiquei ao seu lado até o último momento. E, no final, quase fraco demais para falar, ele sussurrou ao meu ouvido que seu único pesar era morrer antes de o moinho de vento estar terminado. "Avante, camaradas!", ele sussurrou. "Avante em nome da Rebelião. Vida longa à Fazenda dos Animais! Vida longa ao Camarada Napoleão!

Napoleão está sempre certo." Essas foram suas últimas palavras, camaradas.

Aqui, o comportamento de Garganta mudou repentinamente. Ficou em silêncio por um instante e seus olhinhos lançaram olhares suspeitos de um lado para o outro antes de continuar.

Tinha chegado ao seu conhecimento, disse, que um boato bobo e maldoso havia circulado na época da remoção de Sansão. Alguns animais haviam notado que na carroça que levara Sansão estava escrito "Abatedor de Cavalos" e que tinham concluído que Sansão estava sendo levado ao abatedouro. Era quase inacreditável, disse Garganta, que qualquer animal pudesse ser tão idiota. Certamente, ele gritou indignado, balançando o rabicho e pulando de um lado para o outro, certamente conheciam seu amado Líder, Camarada Napoleão, melhor do que isso. Mas a explicação era de fato muito simples. A carroça antes tinha pertencido ao abatedor e fora comprada pelo veterinário, que ainda não havia pintado o novo nome. Foi assim que surgiu o erro.

Os animais ficaram muito aliviados ao ouvir isso. E, quando Garganta passou a dar mais detalhes sobre o leito de morte de Sansão, o admirável cuidado que recebera e os remédios caros pelos quais Napoleão tinha pago sem pensar no custo, suas últimas dúvidas desapareceram e a tristeza que sentiam pela morte de seu camarada foi amenizada pela ideia de que, pelo menos, ele morrera feliz.

O próprio Napoleão apareceu na reunião da manhã do domingo seguinte e fez uma pequena oração em homenagem a Sansão. Não tinha sido possível, ele disse, trazer os restos mortais de seu querido camarada para serem enterrados na fazenda, mas mandara fazer uma grande coroa de louros no jardim da casa e a enviara para ser colocada no túmulo de Sansão. E, em alguns dias, os porcos pretendiam fazer um banquete memorial em homenagem a Sansão. Napoleão terminou seu discurso com a lembrança dos dois lemas favoritos de Sansão: "Vou trabalhar mais" e "Camarada Napoleão está sempre certo", lemas, ele disse, que todos os animais deveriam adotar para si.

No dia marcado para o banquete, uma carroça da mercearia veio de Willingdon e entregou uma grande caixa de madeira na casa da fazenda. Naquela noite, ouviu-se o som de animada cantoria, que foi seguida do que parecia uma violenta discussão e que acabou por volta das onze da noite com um estrondo de vidro quebrado. No dia seguinte, ninguém se mexeu na casa antes do meio-dia e correu o boato pela fazenda que, em algum lugar, os porcos tinham conseguido dinheiro para comprar para si outra caixa de uísque.

CAPÍTULO 10

Nos se passavam. As estações iam e vinham, a curta vida dos animais se esvaía. Chegou um tempo em que não havia ninguém que se lembrasse dos tempos anteriores à Rebelião, exceto Quitéria, Benjamim, Moisés, o corvo e alguns porcos. Maricota estava morta; Ferrabrás, Lulu e Cata-Vento estavam mortos. Jones também tinha morrido – morrera num asilo para alcoólatras em outra parte do país. Bola de Neve tinha sido esquecido. Sansão tinha sido esquecido, exceto pelos poucos que o haviam conhecido. Quitéria agora era uma égua velha e robusta, juntas endurecidas e com uma tendência a ter remela nos olhos. Já havia passado dois anos da idade para se aposentar, mas, na verdade, nenhum animal jamais se aposentara. A conversa sobre separar um canto do pasto para os animais jubilados há muito tinha sido deixada de lado. Napoleão era agora um porco maduro de cento e cinquenta quilos. Garganta estava tão gordo, que mal conseguia abrir os olhos. Apenas o velho Benjamim continuava o mesmo de sempre, com exceção de estar um pouco mais grisalho no focinho e, desde a morte de Sansão, mais rabugento e taciturno do que nunca.

Havia muito mais animais na fazenda agora, embora o aumento não tivesse sido tão grande quanto o esperado nos anos anteriores. Muitos animais haviam nascido e, para eles, a Rebelião era apenas uma vaga tradição passada de boca em boca, e outros foram comprados e nunca tinham escutado qualquer menção sobre isso antes de sua chegada. A fazenda agora possuía três cavalos além de Quitéria. Eram belos animais, trabalhadores dispostos e bons camaradas, mas muito idiotas. Nenhum deles se mostrou capaz de aprender o alfabeto além da letra B. Aceitaram tudo o que lhes foi dito sobre a Rebelião e os princípios do Animalismo, especialmente de Quitéria, por quem tinham um respeito quase filial; mas duvidava-se se tinham entendido alguma coisa.

A fazenda agora estava mais próspera e mais bem organizada: fora ampliada por dois campos comprados do Sr. Pilkington. O moinho de vento por fim fora finalizado e a fazenda possuía uma debulhadora e um elevador de feno próprios, e vários novos prédios tinham sido acrescentados. Whymper comprara para si uma charrete. No entanto, o moinho não era usado para gerar energia elétrica. Era usado para moer milho e gerava um belo lucro. Os animais estavam trabalhando arduamente na construção de outro moinho; quando estivesse pronto, fora dito, os dínamos seriam instalados. Mas sobre os luxos com os quais Bola de Neve ensinara os animais a sonhar, baias com luz elétrica e água quente e fria, e a semana de três dias, não se falava mais. Napoleão denunciara que tais ideias eram contrárias ao espírito do Animalismo. A verdadeira felicidade, ele dizia, estava em trabalhar duro e viver frugalmente.

De certa forma, parecia que a fazenda havia enriquecido sem tornar os próprios animais ricos; exceto, é claro, os porcos e os cães. Talvez isso fosse, em parte, porque havia muitos porcos e cães. Não que essas criaturas não trabalhassem, o faziam a seu modo. Havia, como Garganta nunca se cansava de explicar, um trabalho infinito de supervisão e organização da fazenda. Muitas dessas tarefas eram de um tipo que os outros animais eram ignorantes demais para entender. Por exemplo, Garganta dizia a eles que os porcos gastavam muito tempo em coisas misteriosas como "arquivos", "relatórios", "minutas" e "memorandos", que eram grandes folhas de papel que precisavam ser cobertas com palavras escritas e, assim que estivessem prontas, deviam ser queimadas na fornalha. Isso era de extrema importância para o bem-estar da fazenda, segundo Garganta. Porém, ainda assim, nem os porcos nem os cães produziam qualquer alimento com seu próprio trabalho; e havia muitos deles e seu apetite era sempre muito grande.

Quanto aos outros animais, a vida, até onde conheciam, era como sempre fora. Em geral estavam com fome, dormiam na palha, bebiam no lago, trabalhavam nos campos; no inverno eram incomodados pelo frio e no verão, pelas moscas. Algumas vezes, os mais velhos entre eles reviravam suas vagas memórias e tentavam determinar se nos primeiros dias da Rebelião, quando Jones tinha acabado de ser expulso, as coisas eram melhores ou piores do que agora. Não conseguiam lembrar. Nada havia com o que pudessem comparar com sua vida atual: não tinham nada em que se basear além das listas de números de Garganta, que, invariavelmente, demonstrava que tudo estava melhorando cada vez mais. Os animais achavam o problema insolúvel; de qualquer forma, agora tinham pouco tempo para especular sobre tais coisas.

Apenas o velho Benjamim declarava se lembrar de cada detalhe de sua longa vida e saber que as coisas nunca foram, nem poderiam ter sido, muito melhores ou muito piores; fome, privações e desapontamento eram, como ele dizia, a inalterável lei da vida.

Ainda assim, os animais nunca perderam a esperança. Mais ainda, nunca perderam, nem por um instante, seu sentido de honra e privilégio em serem membros da Fazenda dos Animais. Ainda era a única fazenda em toda a região – em toda a Inglaterra! – pertencente e administrada por animais. Nenhum deles – nem mesmo os mais jovens, nem mesmo os recém-chegados trazidos de fazendas a quinze ou trinta quilômetros de distância – jamais deixou de se maravilhar com isso. E quando os animais ouviam a arma disparando e viam a bandeira verde tremulando no mastro, o coração deles se enchia de orgulho imortal e a conversa sempre voltava para os dias heroicos, a expulsão de Jones, a escrita dos Sete Mandamentos, as grandes batalhas nas quais os invasores humanos tinham sido derrotados. Nenhum dos antigos sonhos havia sido abandonado. Ainda se acreditava na República dos Bichos que Major havia predito, onde os campos verdes da Inglaterra não deveriam ser tocados por pés humanos. Algum dia ela chegaria: poderia não ser logo, poderia não ser durante a vida de qualquer dos animais vivos, mas, ainda assim, chegaria. Até mesmo a melodia de "Bichos da Inglaterra" talvez fosse cantarolada em segredo aqui e ali: de qualquer modo, era fato que todos os animais da fazenda a conheciam, embora ninguém ousasse cantá-la em voz alta. Podia ser que sua vida fosse difícil e que nem todas as suas esperanças tivessem se concretizado, mas estavam cientes de que não eram como os outros animais. Se ficassem com fome, não era por não terem sido alimentados por seres humanos tirânicos; se trabalhavam arduamente, pelo menos trabalhavam para si próprios. Nenhuma criatura entre eles andava em duas pernas. Nenhuma criatura chamava outra de "Senhor". Todos os animais eram iguais.

Certo dia, no início do verão, Garganta mandou as ovelhas seguirem-no e as conduziu até uma parte de terreno baldio no outro extremo da fazenda que estava coberta por mudas de bétula. As ovelhas passaram o dia inteiro mastigando as folhas sob a supervisão de Garganta. À noite, ele voltou para casa, mas, como estava quente, mandou as ovelhas ficarem onde estavam. Acabou que elas permaneceram lá a semana inteira, durante a qual os outros animais não as viram. Garganta ficava com elas a maior parte dos dias. Estava, ele disse, ensinando-as a cantar uma nova canção e precisava de privacidade.

Foi logo após o retorno das ovelhas, numa agradável noite quando os animais haviam terminado o trabalho e estavam voltando para os prédios da fazenda, que o terrível relincho de um cavalo soou no pátio. Apavorados, os animais pararam de andar. Era a voz de Quitéria. Ela relinchou novamente e todos os animais correram para o pátio. Então, viram o que Quitéria tinha visto.

Era um porco andando sobre suas patas traseiras.

Sim, era Garganta. Um pouco desajeitado, como se não estivesse muito acostumado a manter seu considerável corpo naquela posição, mas com perfeito equilíbrio, estava passeando pelo pátio. E, um instante depois, da porta da casa da fazenda, saiu uma longa fila de porcos, todos andando sobre suas patas traseiras. Alguns andavam melhor do que outros, um ou dois estavam um pouco mais instáveis e pareciam gostar do apoio de uma vara, mas todos deram a volta no pátio com sucesso. E, por fim, houve um tremendo latido dos cães e um grito estridente do galo negro, e o próprio Napoleão saiu, majestosamente ereto, lançando olhares altivos de um lado para o outro, com seus cães dando cambalhotas ao redor.

Ele levava um chicote na pata.

Houve um silêncio mortal. Espantados, apavorados, amontoados, os animais olhavam a longa fila de porcos andando lentamente pelo pátio. Era como se o mundo tivesse virado de cabeça para baixo. Então chegou o momento em que o primeiro choque passou e quando, apesar de tudo – apesar de seu terror dos cães e do hábito desenvolvido ao longo dos anos de nunca reclamar, de nunca criticar, não importando o que acontecesse – poderiam ter proferido alguma palavra de protesto, nesse exato momento, como se fosse um sinal, todas as ovelhas explodiram em um tremendo balido de:

– Quatro pernas, bom; duas pernas, MELHOR! Quatro pernas, bom; duas pernas, MELHOR! Quatro pernas, bom; duas pernas, MELHOR!

Aquilo seguiu por cinco minutos sem parar. E, quando as ovelhas aquietaram, a oportunidade de fazer qualquer protesto havia passado, pois os porcos tinham voltado para a casa da fazenda.

Benjamim sentiu um nariz esfregando em seu pescoço. Olhou em volta. Era Quitéria. Seus velhos olhos pareciam menores do que nunca. Sem dizer nada, ela cutucou gentilmente o colega e o levou para a parte traseira do grande celeiro onde os Sete Mandamentos estavam escritos. Durante um minuto ou dois eles ficaram olhando para a parede tatuada com letras brancas.

– Minha visão está falhando – ela disse, enfim. – Mesmo quando eu era jovem, não conseguia ler o que estava escrito ali. Mas me parece que aquela parede está diferente. Os Sete Mandamentos são o que eram, Benjamim?

Pela primeira vez, Benjamim concordou em quebrar sua regra e leu para ela o que estava escrito na parede. Não havia nada lá agora, além de um único Mandamento. Dizia:

TODOS OS ANIMAIS SÃO IGUAIS,
MAS ALGUNS ANIMAIS SÃO MAIS
IGUAIS QUE OUTROS

Depois disso, não pareceu estranho o fato de, no dia seguinte, todos os porcos que supervisionavam o trabalho da fazenda estarem levando chicotes nas patas. Não pareceu estranho saber que os porcos tinham comprado um aparelho de rádio, estavam providenciando a instalação de um telefone e que tinham feito assinaturas dos jornais *John Bull*, *Tit-Bits* e *Daily Mirror*. Não parecia estranho quando Napoleão era visto passeando no jardim da casa com um cachimbo na boca – não, nem mesmo quando os porcos tiraram as roupas de Jones dos armários e as vestiram. O próprio Napoleão apareceu com um casaco preto, calças de caçador e perneiras de couro, enquanto sua porca favorita aparecia com o vestido de seda que a Sra. Jones costumava usar aos domingos.

Uma semana depois, numa tarde, diversas charretes chegaram à fazenda. Uma delegação de fazendeiros vizinhos fora convidada a fazer uma visita de inspeção. Foi-lhes mostrada toda a fazenda, e eles expressaram grande admiração por tudo o que viram, em especial pelo moinho de vento. Os animais estavam tirando ervas daninhas do campo de nabos. Trabalhavam com afinco, mal levantando o rosto do chão e sem saber se deveriam ter mais medo dos porcos ou dos visitantes humanos. Naquela noite, altas gargalhadas e cantos vieram da casa da fazenda. E, de repente, ao som de vozes misturadas, os animais foram tomados de curiosidade. O que poderia estar acontecendo lá, agora que, pela primeira vez, animais e seres humanos estavam se encontrando em termos de igualdade? Em conjunto começaram a se arrastar o mais silenciosamente possível até o jardim da casa.

Pararam no portão, com certo medo de prosseguir, mas Quitéria conduziu o caminho. Na ponta dos pés foram até a casa e os animais que eram altos o suficiente espiaram pela janela da sala. Lá, ao redor da grande mesa, estavam sentados meia dúzia de fazendeiros e meia dúzia dos porcos mais importantes, com o próprio Napoleão ocupando o lugar de honra na cabeceira da mesa. Os porcos pareciam estar bem à vontade nas cadeiras. O grupo estava se divertindo com um jogo de cartas, mas, evidentemente, tinha parado um instante para fazer um brinde. Uma grande jarra circulava e as canecas estavam sendo reabastecidas com cerveja. Ninguém percebeu os rostos dos animais admirados que olhavam pela janela.

O Sr. Pilkington, de Foxwood, se levantou com a caneca na mão. Ele disse que, em um instante, pediria ao grupo para fazer um brinde. Porém, antes disso, se sentia na obrigação de dizer algumas palavras.

Era motivo de grande satisfação para ele, e tinha certeza de que para todos os presentes, sentir que aquele longo período de desconfiança e desentendimento havia chegado ao fim. Houve um tempo, não que ele ou qualquer um dos presentes compartilhassem tais sentimentos, mas houve um tempo em que os respeitáveis proprietários da Fazenda dos Animais eram vistos, não diria com hostilidade, mas, talvez, com certa medida de apreensão por seus vizinhos humanos. Incidentes infelizes tinham ocorrido, ideias errôneas haviam circulado. Achava-se que a existência de uma fazenda pertencente e administrada por porcos era, de alguma forma, anormal e que poderia ter um efeito perturbador na vizinhança. Muitos fazendeiros haviam presumido, sem a devida investigação, que em tal fazenda o espírito de libertinagem e indisciplina prevaleceria. Tinham ficado nervosos com os efeitos sobre seus próprios animais, ou até mesmo sobre seus empregados. Mas todas essas dúvidas estavam agora dissipadas. Hoje, ele e seus amigos tinham visitado a Fazenda dos Animais e inspecionado cada canto com seus próprios olhos. E o que encontraram? Não apenas os métodos mais modernos, mas uma disciplina e organização que deveria ser exemplo para os fazendeiros de todos os lugares. Ele acreditava que estava certo em dizer que os animais mais inferiores da Fazenda dos Animais trabalhavam mais e recebiam menos comida do que qualquer animal da região. Na verdade, ele e seus companheiros visitantes hoje tinham observado muitas funcionalidades que pretendiam introduzir em suas próprias fazendas imediatamente.

Ele encerraria seus comentários enfatizando uma vez mais que sentimentos amigáveis existiam, e deveriam subsistir, entre a Fazenda dos Animais e seus vizinhos. Entre porcos e seres humanos não havia, e não deveria haver, qualquer conflito de interesses. Suas lutas e dificuldades eram as mesmas. O problema do trabalho não era o mesmo em todos os lugares? Aqui, ficou claro que o Sr. Pilkington estava prestes a soltar algumas palavras espirituosas cuidadosamente escolhidas, mas, por um instante, ele ficou tomado pelo riso ao pensar no que estava prestes a dizer. Depois de muito engasgo, durante o qual seus vários queixos ficaram roxos, ele conseguiu:

– Se vocês têm que lidar com seus animais inferiores – disse –, nós temos de lidar com nossas classes inferiores!

Essa comparação "divertida" causou sensação na mesa; e, mais uma vez, o Sr. Pilkington parabenizou os porcos pelas poucas rações, longas horas de trabalho e a ausência geral de mimos que observara na Fazenda dos Animais.

Disse finalmente que gostaria que o grupo se levantasse e se assegurasse de que seus copos estivessem cheios.

– Senhores – concluiu o Sr. Pilkington –, senhores, vamos brindar: à prosperidade da Fazenda dos Animais!

Houve aplausos entusiasmados e batidas de pés. Napoleão estava tão satisfeito, que saiu de seu lugar e deu a volta na mesa para bater sua caneca contra a do Sr. Pinlkington antes de esvaziá-la. Quando a euforia diminuiu, Napoleão, que tinha permanecido de pé, disse que ele também tinha algumas palavras a dizer.

Como todos os discursos de Napoleão, aquele foi curto e objetivo. Ele também, disse, estava feliz que o período de desentendimentos tinha terminado. Durante muito tempo houve boatos – circulados, ele tinha motivos para achar, por algum inimigo maligno – que havia algo subversivo e até revolucionário na visão dele e de seus colegas. Diziam que eles haviam tentado fomentar rebelião entre os animais das fazendas vizinhas. Nada poderia estar mais longe da verdade! Seu único desejo, agora e no passado, era viver em paz e em relações comerciais normais com seus vizinhos. Esta fazenda, que tinha a honra de controlar, acrescentou, era um empreendimento cooperativo. Os títulos de propriedade, que estavam em seu poder, pertenciam aos porcos em conjunto.

Ele não acreditava, disse, que ainda perdurassem quaisquer antigas suspeitas, mas determinadas mudanças tinham sido feitas recentemente na rotina da fazenda e que deveriam ter o efeito de promover ainda mais confiança. Até então, os animais da fazenda tinham o costume bobo de chamarem uns aos outros de "camarada". Isso seria abolido. Havia também um estranho costume, cuja origem era desconhecida, de todas as manhãs de domingo passarem referenciando o crânio de um leitão que estava preso a um toco de madeira no jardim. Isso também seria extinto e o crânio já tinha sido enterrado. Seus visitantes deviam ter observado, também, a bandeira verde que tremulava no mastro. Se sim, teriam, talvez, notado que o casco e o chifre branco que ali havia anteriormente tinham sido removidos. Seria uma bandeira totalmente verde de agora em diante.

Tinha apenas uma crítica, disse, a fazer ao discurso excelente e amistoso do Sr. Pilkington. O Sr. Pilkington se referira o tempo todo à Fazenda dos Animais. Ele não poderia saber, é claro, pois ele, Napoleão, estava anunciando isto pela primeira vez: o nome Fazenda dos Animais tinha sido abolido. De agora em diante, a fazenda deveria ser conhecida como Fazenda do Solar, que, acreditava, era o nome correto e original.

– Senhores – concluiu Napoleão –, faço o mesmo brinde de antes, mas de uma maneira diferente. Encham seus copos. Senhores, um brinde à prosperidade da Fazenda do Solar!

Houve os mesmos aplausos de antes e as canecas foram totalmente esvaziadas. Mas, enquanto os animais lá fora olhavam para a cena, parecia que algo estranho estava acontecendo. O que havia mudado nos rostos dos porcos? Os velhos olhos turvos de Quitéria passeavam de um rosto para o outro. Alguns deles tinham cinco queixos, alguns tinham quatro, outros, três. Mas o que parecia estar derretendo e mudando? Então, o aplauso acabou e o grupo pegou suas cartas e continuou o jogo que fora interrompido, e os animais rastejaram em silêncio para longe.

Mas não tinham se afastado vinte metros quando pararam. Um vozerio vinha da casa da fazenda. Correram de volta e olharam novamente pela janela. Sim, uma calorosa discussão estava acontecendo. Havia gritos, batidas na mesa, olhares suspeitos, negativas furiosas. A fonte do problema parecia ser que Napoleão e o Sr. Pilkington tinham jogado na mesa, simultaneamente, um ás de espadas.

Doze vozes estavam gritando de raiva, e todas eram parecidas. Agora não havia dúvidas sobre o que tinha acontecido aos rostos dos porcos. As criaturas do lado de fora olhavam do porco para o homem, do homem para o porco, e do porco para o homem novamente; mas já era impossível dizer quem era quem.

Novembro 1943 – Fevereiro 1944

Sandra Pina é carioca, graduada em jornalismo e publicidade pela Pontifícia Universidade Católica do Rio de Janeiro (PUC-RJ), e especialista em Literatura Infantil e Juvenil pela UFF. Em 2001 recebeu os prêmios Carioquinha, da Prefeitura da Cidade do Rio de Janeiro, e Adolfo Aizen, da União Brasileira de Escritores (UBE). No ano seguinte, lançou seu primeiro livro: *Um Barco, Um Avião, Uma Bolha de Sabão.*

Faz traduções de inglês e espanhol, escreve releases, resenhas e roteiros, ministra oficinas e minicursos ligados à palavra e à literatura infantil.

Sandra também tem artigos teóricos sobre criação literária e leitura editados em publicações respeitadas como *Revista Carta Fundamental, Política Democrática, Cursos da Casa da Leitura, Salto para o Futuro, Vertente Cultural,* entre outras. Em 2013, participou da Children's Book Fair, em Bolonha, na Itália.

Fernando Vilela nasceu em São Paulo. É artista, ilustrador, escritor, designer e educador.

Como autor e ilustrador, publicou em oito países e recebeu cinco prêmios Jabuti e a Menção Novos Horizontes do Prêmio Internacional Bologna Ragazzi Award. Teve três livros selecionados para o White Ravens, catálogo da Biblioteca Internacional de Munique.

Em 2012 foi o vencedor do troféu Monteiro Lobato de Literatura Infantil. Em 2005 e 2007, participou da Bienal Internacional de Ilustração de Bratislava, na Eslováquia, e, em 2008, da Ilustrarte, em Portugal. Realizou exposições na Pinacoteca do Estado de São Paulo e no Centro Cultural São Paulo e, em 2010, foi contemplado com o Prêmio Funarte de Arte Contemporânea. Possui obras em importantes coleções, como a do MoMA, de Nova York, a do Museu de Arte Moderna, a do Museu de Arte Contemporânea e a da Pinacoteca do Estado de São Paulo. Para conhecer mais sua obra, acesse: www.fernandovilela.com.br.